JN077256

GC NOVELS
あの乙女ゲーは俺たちに厳しい世界です
01
三嶋与夢
イラスト／悠井もげ
キャラクター原案／孟達

「知り合いを返してもらいに来たぞ」
単身で敵地に乗り込み、
笑いながらリオンは告げた。

マリエはその姿に妙な懐かしさを覚える。
一瞬だけ、リオンの姿と兄の姿が重なると、
小声でつぶやいてしまう。
「あ、兄貴」

THAT OTOME GAMES IS

# CONTENTS


プロローグ……007

第01話「私は幸せになりたい」……030

第02話「ルート分岐」……044

第03話「ステファニー・フォウ・オフリー」……064

第04話「出会いイベント」……076

第05話「努力の結果」……099

第06話「貴族の報復」……117

第07話「ノート」……134

第08話「トラウマ」……150

第09話「空賊退治」……169

第10話「最後の出会いイベント」……184

第11話「五月のお茶会」……192

エピローグ……235


A TOUGH WORLD FOR US.☆

あの乙女ゲーは俺たちに厳しい世界です
01

THAT OTOME GAMES IS A TOUGH WORLD FOR US.☆

# プロローグ

人生とは選択の連続だ。

今日どこに向かうのか？　何を食べるか？　誰と話すか？　何を話すか？

代わり映えのない日常ですら、小さな選択肢を積み上げて人は生きている。

そんな人生において、時に後戻りできない選択が存在する。

ゲームで言うならばルート分岐だろうか？

もっとも、現実世界はゲームのようにセーブもなければロードも存在しない。

リセットすら許されず、人生にあるのは電源ボタンだけ、とは誰の言葉だっただろうか？

ともかく、選んだ時点で後戻りできない選択肢が存在する。

あの時、あの場所で——違う道を選んでいたら？

その後の未来はどうなっていたのだろうか？

◇

それは連休初日の出来事だった。

俺が一人暮らしをしているアパートに、無遠慮にも早朝に押しかけてきたのは妹だった。

寝起きで覚めきらない頭で、不用意に玄関を開けたのがいけなかったのだろう。

妹はさっさと部屋に入ってくると、手に持った紙袋を俺の前に差し出してくる。

お土産を入れる紙袋のようだが、中身を確認するとゲームソフトのパッケージとＵＳＢメモリーが入っていた。

プレゼントだろうか？　しかし、パッケージの表紙がおかしい。

主人公と思われる女性キャラクターを中心に、美形の男性キャラが周囲に複数配置された表紙になっていた。

所謂、乙女ゲーと呼ばれるジャンルの恋愛シミュレーションゲームだろう。

寝癖のついた頭をかきながら、紙袋の中身と笑顔の妹を交互に見る。

「何これ？」

当然の疑問を妹に投げかけると、俺の察しの悪さにため息を吐きやがった。

妹が両手を腰に当てて上半身を少し前に倒し、俺の顔を見上げてくる顔は眉尻を上げて苛立《いらだ》っている時の表情だ。

しかし、説明しなければ伝わらないとも思っているようで、やや乱暴な口調で俺に何をして欲しいのか言ってくる。

「期待していた新作の乙女ゲーなんだけど、馬鹿みたいに難易度が高くてクリア出来ないのよ。兄貴は連休中も暇だろうし、私の代わりにプレイしてくれない？」

馬鹿みたいに難易度の高い乙女ゲーという部分に、若干だが興味を引かれた。

しかし、どうせ連休中は暇だろうという決めつけには腹が立つ。

妹の小馬鹿にしてくる態度が、俺は嫌いだった。

「勝手に決めるな。というか、なんで恋愛物のゲームが難しいんだよ？　選択肢を選ぶとか、精々ミニゲームがあるくらいだろ」

恋愛シミュレーションゲームというのは、大体が主人公の言動を選択する事で話が進んでいく。

どんなに下手くそでも、選択肢を全て選んで試せばいい。何なら、攻略サイトを頼れば、失敗せずにクリア可能だ。

しかし、それは妹も理解していた。何しろ、乙女ゲーと呼ばれるゲームを何作もプレイしており、クリアしてきている。

「私も最初はそう思ったんだけどさ。恋愛パートはともかく、他二つが厄介でね」

「二つ？」

「冒険パートと、戦闘パートが鬼！　ってくらい難しいのよ」

眉根を寄せて難しい表情をする妹が、渡してきた乙女ゲーの問題点を挙げていく。

「何かＲＰＧみたいな冒険パートがあってさ。そこまでは我慢できたんだけど、戦争が始まると戦略シミュレーションゲームが始まるわけよ」

――何そのゲーム？　乙女ゲーにいらない要素をぶち込み、闇鍋状態じゃないか。

だが、男子にとってその二つは興味がある。

これが乙女ゲーではなく、ギャルゲーだったら迷わず購入したかもしれない。

しかし、妹にとっては、その二つの要素は邪魔だったらしい。

「どうやっても途中で詰むから、一度もクリア出来ないの。兄貴は無駄にこういうゲームを沢山プレイしているし、クリアくらいは出来るでしょ？」

こいつは、俺の神経を逆なでしないと会話が出来ないのだろうか？

興味はそそられるが、乙女ゲーをプレイするつもりのない俺は拒否する。

「攻略サイトを見ればクリア出来るだろ。自分でやれよ」

「出来たら、わざわざ兄貴の部屋を訪ねてこないわよ！　攻略サイトを見たけど、不評の嵐でまともな情報がないの！」

「不評？」

「これさ、有料ダウンロードコンテンツがやたらあるのよ。冒険パートで役に立ちます〜、戦争パートでこれがあれば安心〜ってね。クリアしたいなら、課金しろって言っているようなものでしょ？」

普通にプレイすれば難しすぎるが、課金すれば楽々クリアというわけか。

確かにプレイヤーからすれば、たまったものではない。

不評も仕方がないと思っていると、妹が手を組んで瞳をキラキラ輝かせる。

――今気付いたが、今日は随分とめかし込んでいる。

普段俺の部屋を訪ねてくる時よりも、気合いの入った化粧と服装だ。

「お願いお兄ちゃん、私のためにこのゲームを全クリして。あ、全コンプでお願いね。イベントの画像や動画を楽しみたいから」

俺に何か頼む時に限って、妹は「お兄ちゃん」と呼んで甘えてくる。

妹は一般的な感覚からすると、可愛い部類に入るらしい。

勉強もスポーツもそつなくこなし、容姿に恵まれているため小学生の頃から周囲からチヤホヤされて過ごしてきた。

現在は大学生で、俺とは違って実家暮らしをしている。

——そんな妹の猫なで声で甘えてくる仕草に、俺はドン引きしていた。妹から半歩ほど距離を取ると、頬を引きつらせる。

俺に嫌そうな顔をされた妹が、怒って頬を膨らませた。

「何で嫌がるのよ！　可愛い妹の頼みでしょ」

「俺に可愛い妹は存在しないな。いるのは、わがままで生意気な妹だけだ」

時々妹に幻想を抱いている知り合いもいるが、現実を見ろと言ってやりたい。兄にとって、妹とは血の繋がりはあっても敵——とまでは言わないが、厄介な存在だ。

それをいくら説明しても、友人には「またまた～」などと笑われるのが納得できない。

俺は小さくため息を吐く。

「そもそも、今時この手のゲームは動画サイトでいくらでもイベントを見られるだろ？　わざわざクリアする必要ないし」

無駄だと言ってやるが、妹はそれを理解していたようだ。理解した上で、俺にクリアしろと押しつけてくる。

「私、そういうプレイ動画って嫌いなの」

まぁ、色々と問題にはなっていたな。俺も好んでアドベンチャーゲームのプレイ動画を見ようとは思わないし。

意外と妹が潔癖であることに感心していると、すぐに本性を現す。

「それにね。このゲームって、プレイヤーが変更した名前を読み上げる機能があるの。せっかくのイベントとか、告白シーンは、自分の名前で呼んで貰いたいじゃない」

目を閉じて妄想を始める妹を見て、やっぱりこいつは駄目だと思ったね。

というか、主人公の名前を変更できるのか？　固定にしておけば、そんな無駄な機能を付けることもなかっただろうに。

そうすれば、妹に乙女ゲーを押しつけられることもなかった。

そもそも、妹の名前が付けられた主人公で乙女ゲーをプレイするとか――拷問かな？

「そんなに聞きたいなら自分でクリアしろよ」

「だから、私は忙しいって言ったでしょう。これから、友達と海外に行くの」

「海外!?」

驚いてはみたが、同時に納得もした。

妹の気合いの入った恰好も、これから海外旅行に行くなら不思議ではない。

妹が再び猫なで声で、俺をお兄ちゃんと呼んでくる。

「それでね。お兄ちゃんから、お小遣いを貰いたいの」

「嫌に決まっているだろうが。親父に頼めよ。喜んで出してくれるだろ」

妹は昔から何でもそつなくこなし、両親には俺以上に可愛がられ――同時に、信用もされている。

俺以外の前では猫をかぶり、周囲を欺いているわけだ。

「お父さんからは、もう貰ったわ」

「――親父、もう渡したのかよ」

右手で顔を押さえた俺は、嬉々として妹にお小遣いを渡す親父の姿を思い浮かべていた。

親父は妹に特に甘いからな。

妹は脅しを交えつつ、俺に強請《たか》ってくる。

「私のお願いを聞いてくれたら、お母さんの誤解は解いてあげてもいいわよ」

お袋への誤解と聞いて、俺は数日前を思い出した。

すぐにカッとなって、妹に言い返す。

「お前のせいだからな！　お前が、俺の部屋にＢＬ物の本やグッズを隠すから！」

実家には、まだ俺の部屋が残っている。

そんな俺の部屋に、妹は自分の趣味であるＢＬ関連の本やグッズを隠していた。妹は俺以外の家族に、自分の趣味は隠している。

そのため、掃除をしていたお袋が、俺の部屋で妹の本やグッズを見つけてしまったわけだ。

その日のうちに俺に連絡が来たのだが――「あんた、そういう趣味だったら早く言ってくれれば」

などと言われた。

詳しい話を聞いて、慌てて誤解だと説明したのだが――必死に説得しようとすればするほど、疑いが深まってしまった。

両親揃って「まぁ、いいんじゃない？」と無駄に寛容だったのが災いした。

俺に対して「隠すことないのに」とか言い出された時は、妹に対して激しい怒りがこみ上げてきた。

妹の言葉を信じ、ＢＬ関連の本やグッズを俺の物だと思い込んでいた。

俺と妹の信用の差が出たわけだ。

妹が俺を前に、悪巧みを思い付いた笑みを浮かべていた。

「ちゃんとゲームをクリアしたら、お母さんの誤解は解いてあげるわよ。ギャルゲー好きの兄貴には簡単でしょ？」

このまま家族に誤解されたままというのも辛い。

恋愛対象は女性であると、いくら説明しても疑われた俺の気持ちが理解できるだろうか？

「ほ、本当だな？」

「約束するわよ、お兄ちゃん。あ、それからお小遣いもよろしくね。ちゃんと、お土産も買ってくるから」

ニヤニヤする妹に、俺は財布を取り出して現金を手渡す。

「ほらよ」

「ありがとう、兄貴」

お金を貰ったら、即兄貴呼びだ。これが、この妹の性格をよく表している。

アルバイトをしていない妹は、自由に使える小遣いが少ない。

そのため、海外旅行の前に俺に小遣いをせびり、ついでに乙女ゲーを押しつけてきたのだろう。

妹が玄関を出ると、軽やかな足取りで背を向けて去って行く。

右手だけを俺に振っていた。

「それじゃあ、全クリお願いね～。ちゃんと全コンプしてよ」

全コンプ。コンプリート——ゲーム中で手に入る画像や動画を全て回収し、いつでも見られるようにして欲しい、という意味だ。

ただクリアするよりも、難易度が高くて嫌になる。

俺はゲームソフトを手に取り、眉根を寄せる。

「何周することになるんだよ」

表紙を見ても、男の俺には興味がそそられない——と思ったが、主人公のキャラが妙に気になった。

乙女ゲーを名乗りながら、女性が好みそうなキャラクターには見えない。

俺はタイトルの日本語訳か、もしくはサブタイトルだろうか？　を読む。

「いにしえの恋、ね」

◇

日が暮れてきた頃。

「何これ難しすぎるっていうか、クリアさせる気がないだろ!!」

ゲーム機を繋いだモニター画面には、ゲームオーバーの文字が浮かんでいる。

これまでに何度も見て来た。つまり、俺は乙女ゲー――〝この乙女ゲー〟で、何度もゲームオーバーを繰り返しているわけだ。

自慢にはならないが、俺はゲーマーとしては平凡だと思っている。

上手でもないが、下手でもない。

大抵のゲームはクリアまではする。

この程度、攻略サイトを利用すれば簡単に――と思っていたのは、ゲームを開始して数時間ほどした時まで。

会話やイベントはスキップ機能で飛ばせるが、冒険パートや戦争パートは地道にプレイするしかなかった。

恋愛物のゲームは、会話を読み飛ばせるならクリアまでに時間はかからない。

だが、このゲームはプレイする度に、冒険や戦争があるために時間がかかる。

あと、戦争パートが辛い。辛すぎる。

メインメニューからロードを選択すると、先程負けたマップが表示される。

物語の舞台となる世界は、剣と魔法のファンタジー世界――なのだが、何故か大地が空に浮かんでいる。

人々の移動手段は、空を飛ぶ船――飛行船だ。

飛行船の形は様々で、帆船もあれば、現実に存在する飛行船の形もあった。

推進力さえあるならば、どのような形でも問題ないらしい。

まぁ、それはいい。

とにかく、戦争パートでは、飛行船同士が大砲を撃ち合っている。

そして、飛行船から出撃するのは、パワードスーツと言うべきか？

〝鎧〟と呼ばれる、人が乗り込む三から四メートル前後のロボットだった。

人型の騎士を模した鎧に、攻略対象たちが乗り込んで戦場で戦っている。

――嫌いじゃない。

だが、とにかく攻略対象が弱い。

『食らえ！　必殺の――』

攻略対象の一人である王子――王太子【ユリウス・ラファ・ホルファート】のカットインが入ると、必殺技を放とうとしていた。

しかし、攻撃目標の敵飛行船に『カウンター』が発動すると、必殺技は防がれて王子がそのまま反撃を受けてヒットポイントがゼロになる。

『あぁ、ユリウス殿下が！』

味方兵士の悲痛な叫び声と同時に、画面が暗くなってゲームオーバーの文字が浮かぶ。

俺は震える手でコントローラーをベッドに投げた。

床に投げなかったのは、コントローラーを衝撃で壊さないためだ。

「ふざけるなっ！　王子様沈みすぎだろうが！　というか、初期配置がおかしいだろ！　何で袋叩きにされる位置から始まるの？　味方が助けに来るまで持たないって何!?　こんなのどうしようもないだろうが！」

スマホで攻略記事を検索すると、情報が不足している上に『ランダム要素が強いので、クリアしたいなら祈れ』とか書かれている。

――最悪のゲームである。多くのプレイヤーが、不満を抱えるのも納得だ。

俺は残り少ない理性で、どうやればこのゲームをクリア出来るかを考える。

「こんなゲームに何日もかけていられないな」

妹のゲームをクリアするために、何日も使うのが勿体《もったい》ない。

無責任に放り出したいが、両親の誤解は解消したい。

そう思っていると、スマホに妹からのメッセージや画像が届く。

『海外楽しい～。頑張って全コンプしたら、お土産も買ってきてあげる』

「この糞妹は」

届いた画像は、海外の海――砂浜で友達と水着姿を撮影した物だった。

妹の水着姿だと少しも嬉しくない！

「ふざけやがって！　俺にゲームを押しつけておいて！」

俺の気持ちをメッセージにして送信すると、少し遅れて妹から返事が来る。

『そんなことを言ってもいいの？　例のアレ、放置したままでもいいのよ』

「くっ！」

『頑張ってね～、兄貴』

悔しいが、主導権を握っているのは妹だった。

思案した結果――俺はゲームを一時中断して、有料ダウンロードコンテンツの一覧に目を通す。

「社会人を舐めるなよ。ソシャゲじゃないんだ。この程度の課金、痛くも痒くも――ん？」

有料ダウンロードコンテンツの一覧を見ていると、誤植を発見する。

戦場で飛行船――飛行戦艦が活躍するゲームなのだが、そいつは説明文に〝宇宙船〟と書かれていた。

外観は宇宙船と言われれば、納得するデザインをしている。

「ファンタジー世界に宇宙船は駄目だろ。えっと、名前は――ルクシオンか？」

その宇宙船が一番有能なのか、値段も一番高かった。

ルクシオンともう一つをカートに入れて、決済を行うとすぐにダウンロードを開始する。

「妹のゲームに二千円以上も支払うのは癪《しゃく》だが、これでさっさと終わらせてやるよ」

金の力で戦争パートの問題を解決した俺は、冒険パートと恋愛パートに全力を注ぐことにした。

◇

「――最悪だ。今になって気付いてしまった」

モニター画面に浮かぶのは、真のエンディングを意味するトゥルーエンドの文字だ。

画像には主人公を中心に、五人の攻略対象たちが集まっている。

まさかの逆ハーレムエンド――一人の女の子が、複数の男子と結婚するという展開だ。

これが真のエンディングでいいのだろうか？

男としてモヤモヤした気持ちになるが、女から見ればハーレムも似たような光景に見えるのだろうか？

それはそうと、ゲームをクリアした俺は気付いてしまった。

――妹が海外旅行に行ったが、あいつは実家暮らしでアルバイトもしていない。

海外旅行が出来るお金を持っているとも思えず、ここ最近の家族の言動を思い出していた。すると、妹が資格を得るという理由で数十万のお金を得たのを思い出す。

お袋が「一回で合格してくれるといいんだけど」などと言っていたから、間違いではないはずだ。

妹も馬鹿ではないし、預かったお金を全て使うことはしないだろう。

しかし、一部を海外旅行に使う可能性は高い。

俺や親父から小遣いを貰ったのも、カツカツだったからだろう。

「海外旅行の予算がどこから出たか脅せば、連休を無駄に過ごすこともなかったのに」

気が付けば、現在は連休の最終日。

俺は連休中、ずっと美形の男性キャラクターたちを攻略していた。

これがギャルゲーなら納得できるが、乙女ゲーでは時間を無駄にしたとしか思えない。

冒険パートはちょっと面白かった気もするが、攻略のために男性キャラクターから貰ったプレゼントをすぐに売り払うのはちょっとだけ心が痛んだ。

アクセサリーを渡してくるから、それを売れば装備が揃うため時間短縮になる。

人の心を捨てた攻略方法だ。

メニュー画面からイベント画像や動画の回収率を確認すると、百パーセントという数字が表示される。

「あぁ、これでゲームは終わった。――だけど、あいつへの復讐がまだだよな？」

ゲーム中に何度か寝落ちはしたが、睡眠時間は普段よりも少なかった。

そのせいか、俺のテンションは妙に高かった。

「あいつが海外で遊んでいる現状と、その金の出所をお袋に教えてやれば――あいつが戻って来た時が楽しみだ」

妹が海外から帰ってくれば、きっと両親から説教を受けるだろう。

出来れば、その様子は撮影して今後のネタにしてやりたい。

お袋に画像とメッセージを送った俺は、席を立って背伸びをする。

「さて、色々と片付いたことだし、今日はファミレスでちょっと贅沢をして気分を紛らわせますか」

近くにあるファミレスで、頑張った自分を慰めよう。

そんな気持ちで部屋を出て階段を下りようとした俺は、急な目眩《めまい》を覚える。

「あ、あれ？」

視界が揺れて、立っていられず手を伸ばすが手すりに届かなかった。

そのまま視界が急激に変化し続け、気が付けば地面に倒れていた。

「うそ――だろ――こんな――みとめ――」

自分の人生がこんなところで終わるのか？　そんなの認められない！　何とか立ち上がろうとするも、体が言うことをきかない。

そのまま俺の意識は途切れ、全てが終わった。

終わるはずだったのに――何故か、ここから全てが始まってしまった。

◇

どうやら、人生は一度では終わらないようだ。

「くそっ！」

そこは未来的な広い部屋だった。

滑らかな金属板の壁や天井。壁の一部は巨大なモニターが用意され、コントロールパネルと思われる黒い板も備わっている。

場所は巨大な宇宙船の制御室。

部屋の中央の床から、人型のロボットの上半身が生えていた。

『侵入者は排除――排除！』

巨大な両腕を振り回すそいつ――ロボットは、俺【リオン・フォウ・バルトファルト】が、見上げるくらいに大きかった。

俺が構えているライフル銃は、巨大ロボットと比べれば年代物に見えてしまう。

そもそも、間違っているのはロボットの方だ。

ボルトアクションのライフルから発射されるのは、剣と魔法のファンタジー世界よろしく魔法が込められた弾丸――魔弾だ。

発射された魔弾は、軌道に淡い光を残すため光が尾を引いて線を作る。

直撃するも、ロボットの持つ魔法障壁に遮られて爆発。

ロボット自体には、傷一つ付かなかった。

頭部バイザーの下にある丸いカメラを光らせるロボットが、俺の行動を無意味と断じる。

『無駄です。その程度の攻撃では、私を倒せません』

「だったら！」

右手をライフルから離し、手に取ったのは手榴弾だ。

ピンを口で噛んで外して投げつけると、大爆発を起こす。

衝撃で俺も後ろに吹き飛ばされてしまったが、何とか起き上がるとロボットにもダメージが入っていた。

「切り札だったのに、耐えきるとか止《や》めてくれよ」

『――新人類が魔法を使わず、銃や爆薬に頼る。どうやら、随分と劣化しているようですね』

バイザーにひびが入ったロボットは、関節の一部から放電していた。

倒し切れはしなかったが、どうやらダメージは与えたらしい。

ライフルの弾倉を交換した俺は、腰に下げた短剣に手を触れる。

『で、あれば。私が外に出て新人類とその文明を滅ぼしましょう。旧人類がいない今、私の最優先目標は新人類の殲滅《せんめつ》です』

「いつまでも昔のことを持ち出しやがって」

『私にとっては、昔ではなく今も続いている戦争です。新人類の全てを焼き尽くすまで、私の戦いは終わりません』

――最悪だ。

有料ダウンロードコンテンツ、ルクシオンを回収しに来てみれば、何やら知らない設定を語り出して世界を滅ぼすと言い出した。

このままでは、俺がこいつを目覚めさせ、世界を滅ぼす原因を作ったみたいではないか。

駆け出してロボットに接近すると、大きな手が俺を乱暴に掴む。

その際、ライフルは床に落としてしまった。

「くっ！」

すぐさま右手で短剣を引き抜くと、ロボットがその顔を近付けてくる。カメラで俺の姿を間近で観察したいようだ。

『新人類は全て排除します。排除――排除――』

徐々に握力が強まってきて、体からギチギチと音が聞こえてくる。

あまりの苦しさに胃の中の物やら、血を吐き出しながら、俺は短剣をロボットの頭部へと向けた。

狙いはひびの入ったバイザーだ。

『今更そのような武器で私を倒せるとでも？』

「くたばれ、ポンコツが」

短剣の仕掛けを作動させると、柄に仕込まれたスプリングにより四十センチほどの模様が入った刃が勢いよく射出される。

刃はバイザーを突き破り、そのまま内部に突き刺さるとそのまま模様が光り始める。刃にも魔弾と同様の処理が施されており、ロボットの頭部で激しい放電が起こった。

ロボットの力が弱まり、解放された俺は床に倒れ込むとライフルを拾う。

挙動がおかしくなったロボットが、その上半身を床に倒して仰向けになった。

「――俺の勝ちだな」

短剣の柄を床に落とし、脇腹を押さえながら向かう先はコントロールパネルだ。

一部が銀色になっており、手袋を噛んで脱ぎ捨てると俺の手を置く。

『私を使おうというのですか？　新人類のあなたに使われるくらいなら、私は自爆を選択します』

マスター登録の方法を知っているのが、ロボットには不思議に思えたらしい。

部屋にスピーカーでも用意されているのか、そこから聞こえるロボットと同じ電子音声が少し焦っているように感じられた。

「俺は自分の課金アイテムを回収しに来ただけだ」

『課金——アイテム？』

パネルに置いた手に、チクリとした痛みを感じた。

どうやら血液を採取しているらしい。

黒いコントロールパネルは、起動すると幾つもの画面が出てくる。

言語選択を求められると、懐かしい文字を確認した。

「ははっ、異世界で日本語を見るとは思わなかった」

『日本語が読めるのですか？』

言語選択を終えると、コントロールパネルやモニターに解析中と表示される。

同時に、部屋の各所から放たれる赤い光が俺に注がれる。

攻撃ではなく、どうやら俺を調べているようだ。

それが終わると、俺は立っていられず床に座り込む。

壁に背中を預けて天井を見上げていると、ロボットの驚愕した声が聞こえてくる。

『——あり得ません。どうしてあなたは、新人類でありながら、旧人類の特徴を備えているのですか？　それに、新人類は日本語を使用していませんでした。いえ、そもそも、現状で旧人類の言葉が残っているはずがありません。あなたは何者ですか？』

矢継ぎ早の質問に答えるのも億劫《おっくう》になったが、俺は我慢して会話をする。

「俺の魂が、生粋《きっすい》の日本人だからだ。ソウルフードは、白米と味噌汁だ」

あぁ、ついでに焼き魚も食べたいと思っていると、ロボットが興味深そうにしている。

『輪廻転生の概念ですか？　信じられません』

「お前の存在が証拠だろうが。俺がここに来たのも、日本語が使えたのもさ。俺が、〝あの乙女ゲー世界〟に転生したからだ」

『乙女ゲー？』

そう、俺は死後、何故かあの乙女ゲーの世界に転生を果たしていた。

今の名前はリオン。

大地が浮かぶこの剣と魔法のファンタジー世界で、辺境の田舎男爵家に生まれた。

貴族とは名ばかりのバルトファルト男爵家。

しかし、あの乙女ゲーにはバルトファルト男爵家や苗字も登場しなかった。

俺はいわゆるモブキャラ――ゲーム中で大した活躍もしなければ、名前もなく、台詞《せりふ》がいくつかあればいい程度の背景みたいな存在に転生したわけだ。

「知っているか？　この世界は、ぶっ飛んだ設定の乙女ゲーなんだぜ」

『――妄言にしか聞こえません。ですが、あなたは大変興味深い存在です』

「そいつはどう――も」

言い終わると咳き込む俺は、口元を押さえた手を見る。

血を吐いたらしく、手の平が赤く染まっていた。

ああ、まただ。

また、こんなろくでもない死に方をするのか？

壁を擦るように床に倒れると、ロボットの声がする。

『マスターの生命に問題が発生しました。すぐに医務室に――』

意識が途切れそうになる中、俺は色々と考えていた。

「また死んだら、違う世界に生まれ変わるのか？　だったら、今度はもっとマシな世界に。いや、元の世界に戻りたい」

今にして思えば、こんな世界よりも前世の日本は暮らしやすかった。

色々と問題はあっただろうが、この世界――あの乙女ゲーを再現した世界――よりはマシだろう。

「前世の両親にも――謝って――」

思い浮かぶのは、両親の顔だった。

そして、妹の顔も思い浮かぶ。

小憎たらしい笑みを浮かべる妹を思い出した俺は、苛立つはずが、何故か口元が笑ってしまう。

「あいつは――少しくらい――反省して欲しいかな？」

俺がこんな世界に転生したのも、きっとあいつの責任――ではないだろうが、少しくらい怒られてもいいはずだ。

両親から、一発ずつ殴られればいい。

そこで俺の意識は途切れる。

# 第01話「私は幸せになりたい」

狭いアパートの一室。

「お願いだから返してよ！　それは、娘のために用意したお金なの！」

髪を乱した一人の女性が、男の腰にしがみついていた。

男は金髪のロン毛だが、もう数ヶ月も染めていないため根元が黒くなっている。。

無精髭《ぶしょうひげ》を生やし、不衛生な生活もあって頬が痩せて顔色も悪く、何より顔つきは険しい物になっている。

男が握りしめているのは、お金が入った封筒だ。

「倍にして返してやるって言ってるだろうがよ。今は波が来てんだよ」

男はギャンブルに依存しており、今日も朝から散財していた。

お金がなくなり戻って来ると、女性が隠していた封筒を見つけて持ち出そうとしていた。

女性が必死に抵抗する。

「今日はあの子のお祝いなの。だから、そのお金だけは持っていかないでよ」

泣きながらすがりつく女性には、子供が一人いた。

今付き合っている男との子供ではなく、面倒も両親が見ている。

月に数回だけ娘と会えるのだが、今日がその日だった。

お金は、娘のお祝いのために用意した物。

今日という日を女性は楽しみにしていたが、彼氏が合鍵で部屋に入ってくると状況が一変してしまう。

昔は、こんな人ではなかった。

付き合い始めた頃は、やる気に満ちていた。

夢を追いかけ頑張っていたのだが、いつからか毎日ギャンブルで散財する日々を過ごすようになった。

女性が離さないため、男は徐々に顔が赤くなっていく。

頭に血が上り、手を握りしめる。

そのまま全力で女性に向かって振り抜くと、頭部に直撃してしまった。

男の全力の一撃に、女性は壁の方に吹き飛んでいく。

だが、運が悪いことに女性の頭部が柱にぶつかってしまう。

後頭部を両手で押さえる女性は、うめき声を上げる。

「つ!?」

柱には血の跡ができ、それを見た男が狼狽《うろた》えていた。

だが、暴力を振るうのはこれが初めてではない。

どうせ大丈夫と思ったのか、お金をポケットに押し込んで声を張り上げる。

「お、俺に逆らうからだ！　ちっとは反省しろ」

男は逃げるように部屋を出て行くと、ドアが閉まって数秒後には階段を下りる足音が聞こえてくる。

女性は何とか上半身を起こして壁により掛かるが、頭部にできた傷から血が流れていた。

意識が朦朧《もうろう》として、助けを呼ぶためにスマホを探すが体が動かない。

数メートル先にあるスマホまで、手が伸ばせなかった。

「――あぁ、これは駄目かな。今日のお祝いには行けそうにないかも」

娘と会える日を数週間も前から待っていたのだが、どうやら今回は無理らしい。

女性は娘になんと言って謝ろうか考える。

だが、途中から自分の現状を憂いはじめる。

「どうしてこんなことになったのかな？　昔は良かったな。実家で暮らして、家族もいて、大学に通って――友達とも海外に遊びに行って――」

最後の海外旅行を思い出した女性は、痛みにも我慢していた涙がこぼれ始める。

当時の記憶が蘇《よみがえ》る。

「なんで――なんで死んだのよ、お兄ちゃん」

自分の人生に訪れた大きな転機は、間違いなく兄の死が原因だった。

大学時代、女性は友人と海外旅行に出かけた。

当時はアルバイトをしていなかったので、費用は資格取得を理由にもらったお金を使った。

悪いとは思っていたが、後でアルバイトをして返せばいいと考えていた。

友達と国内旅行をすると両親を騙し、海外旅行を楽しんでいた。

だが、両親に気付かれてしまい、酷く怒られてしまった。

メッセージが頻繁に届いていたため、女性は旅行が楽しめないと両親をブロックした。

「ははっ――あの時、ブロックさえしなければ今よりマシ――だったのかな？」

これは戻ったら両親と兄からお説教だろうか？　お土産を多めに買って帰り、しばらくご機嫌取りでもしておこう――最初はその程度に考えていた。

ただ、その時に妙な胸騒ぎを感じたが――友達との海外旅行が楽しくて、きっと気のせいだと思い込もうとしていた。

海外旅行から帰ってきた日――両親のブロックを解除した瞬間に幾つものメッセージが届いたのを思い出す。

両親からのメッセージは、少し前に「兄が死んだ」という知らせだった。

あまりのことにショックを受けていると、一緒にいた友人たちが心配して声をかけてきた。

そこから先のことは、あまり覚えていない。

気が付けば、兄の葬式に途中から参加していた。

駆けつけた時には火葬が終わっており、妹である自分が遅れてきた事に親戚や参加者たちが不思議そうにしていた。

もう、葬儀はほとんど終わっていたが――女性は涙が出て来なかった。

「お兄ちゃんが死んだのに、泣けなかったなぁ――数日前まで元気だったのに、次に会ったら骨になると普通は思わないでしょ」

全てが終わり、家族だけになると両親から全ての事情を話すように言われた。

怒鳴るでもなく、泣くでもなく――ただ、淡々と嘘を吐かれたことや、いくら連絡しても繋がらなかった事を責められた。

両親に対する嘘、兄についての嘘――この瞬間、女性は家族からの信用を失ってしまった。

その日は雨が降っていたが、女性は両親により問答無用で家から叩き出された。

娘に甘かった父親も、その日ばかりは助けてはくれなかった。

雨が降る中、初めて兄が死んだ事を実感して、女性は悲しくて泣きじゃくった。

そこから、自分の人生は悪い方に流れたと女性は考えている。

大学を中退した女性は、生きるために夜の世界に足を踏み入れた。

才能はあったようで、すぐに大金を稼げるようになった。だが、そんな彼女に近付いてくる男たちは、皆ろくでもなかった。

お金目当ての男。

浮気を繰り返す男。

子供が出来ても責任を取らず、逃げ出した男もいる。

娘を一人で育てていたが、その頃には体調不良も重なって稼げなくなった。

その時両親を頼ったが、女性の状況を見て娘――両親から見れば孫を任せられないと言われた。

そこから、娘とは離れて暮らしている。

「どうして何もかもうまくいかないのよ。昔はもっと――」

幼い頃は、何をしてもうまくいっていた。

その頃の自分にあって、今はないもの――思い付くのは一つだけ。

死んでしまった兄だ。

「私も馬鹿だけど、〝兄貴〟も馬鹿よ。誰も無理をしろとは言わなかったじゃない」

女性は兄に甘えたつもりだった。

空港に向かう前に、兄のアパートに寄ってお小遣いを貰いつつゲームを押しつけた。

発売前から楽しみにしていたゲームだったが、プレイしてみればクリア不可能の謎仕様で腹が立ったのを覚えている。

そんなゲームをクリアして欲しいと押しつけたら、まさか徹夜でクリアするとは女性も思っていなかった。

「馬鹿兄貴。なんで死んじゃうのよ」

視界の隅に、埃《ほこり》をかぶったゲーム機とソフトのケースが見える。

もう年単位で触っていないゲーム機には、あの時の乙女ゲーの三作目になるソフトが入っていた。

兄に渡したＵＳＢメモリーも側に転がっている。

約束通り、全コンプを果たしたデータが入っていた。

妙に律儀な兄の行動を思い出し女性の視界はぼやけてくる。

壁を背にしているのも辛くなり、上半身が床に倒れた。

「待って。まだ、死ねない。お母さんやお父さんに、まだ許してもらえてない。それに、娘に会えてない。――あの子に会いたい」

徐々に自分の命が終わりに向かっているのを感じる。

恐怖心が大きくなり、再びスマホに手を伸ばそうとするが体が思うように動かない。

次第に恐怖が薄れ、諦めが強くなってくる。

そんな時、女性が最期の言葉を呟く。

「助けてよ――お兄ちゃん」

最期に望んだのは、もうこの世にはいない兄の助けだった。

◇

山の麓にある森の中では、雪が降り、木々は全ての葉が落ちていた。

道らしい道もないそんな森の中を、毛皮を着込んだ小さな女の子が歩いている。

背負っているのは体に不釣り合いな大きなライフルだ。

積もった雪は十センチほどあるだろうか？

歩くのも一苦労の中、小さな女の子は肩で息をしながら歩いている。

白い息を吐くと、冷たい空気が肺に入って体温を奪われていく気がした。

「こっち……こっちにいる！」

かすかに聞こえてくる声を頼りに向かった先には、罠にかかった獣の姿があった。

前世では見たこともない獣は、熊のような姿をしていた。

熊との違いは、ライオンのようなたてがみだろう。

小さな女の子は、すぐさま背負っていたライフルを手に取って弾丸を装填する。

古い単発式のライフルを構えると、腰を落として引き金を引いた。

だが、獣の方も異変に気付いて体を動かしてしまう。そのせいで、急所を外してしまった。

小さな女の子が腹立たしさから呟く。

「何発も使いたくないのに！」

薬莢《やっきょう》を排出して、次の弾丸を装填して構える。

傷口から血を流した獣の周囲には、白い雪に赤い血液が飛び散っていた。

大きな獣が暴れ回ると、罠をくくりつけていた木がメキメキと嫌な音を立て始める。

「嘘でしょ!?」

驚いて狙いが少しはずれてしまい、またも急所を狙えなかった。

木が折れて、獣が小さな女の子に向かって駆けてくる。

小さな女の子は走りながら薬莢を排出し、弾丸を装填した。

すぐ後ろに獣が迫っている気配を感じて振り返ると、大きな口を広げた姿が目に入る。

タンッ！　という発射音が周囲に響き渡った。

今度は獣の頭部を撃ち抜いたが、フラフラとしながらもまだ動いている。

小さな女の子は、近くにあった太い枝を見る。

それを拾い上げると、両手で持って——全力で獣に振り下ろした。

◇

夜。

小さな女の子がいたのは、山小屋の中だった。

解体した獣の毛皮を確認する小さな女の子は、帽子を脱いで綺麗なボリュームのある金髪を晒している。

セットしていないのでボサボサになっているが、髪の毛自体には艶《つや》があった。

毛皮を置いた小さな女の子は、テーブルに近付くと一冊のノートを手に取る。

それは前世の記憶を書き溜めたノートだ。

この世界に転生したと気付いた日に、思い出せる限りの知識を書き出している。

カレンダーを見る女の子は、そろそろ学園の入学式が近付いているのを確認する。

「学園に入学するまで、もう二ヶ月を切ったわね」

山小屋の中にある古い鏡を見ると、そこには年齢の割に幼い姿の自分が立っていた。

彼女の名前は【マリエ・フォウ・ラーファン】。

現代日本から転生した女性である。

ただ、普通の転生と違うのは――この世界は、彼女が知っている〝あの乙女ゲー世界〟という点だ。

マリエは鏡に映る自分の右頬に、怪我《けが》を発見する。

獣との死闘の際に付いた物だろう。

マリエが右手を右頬に当てると、淡い光を放つ。

それは魔法の光。

希少価値の高い回復魔法の光である。

右手を離すと傷が消えていた。

「どんなもんよ！　この十年、必死に習得した甲斐《かい》があったわ」

この世界、魔法という物は誰もが学べば使用できる。

しかし、回復魔法だけは事情が異なる。

先天的な才能に加え、習得には一定の努力が必要不可欠だった。

回復魔法の使い手は貴重であり、それだけで優遇される存在だ。

誰もが使える魔法ではない。

そんな魔法を、マリエは転生してから毎日のように時間を割いて習得に励んだ。

それこそ、血の滲むような努力をして得られた魔法だ。

マリエは鏡を見ながら、自分の容姿を確認する。

「か、可愛いとは思うけど、前世と比べるとやっぱり幼く見えるわね。前世だと、このくらいの年齢ならもっと大きかったのに」

小さくて可愛いと言っても限度がある。

今のマリエは、十五歳という年齢にしては幼く見えた。

背も低く、女性的な膨らみにも乏しい。

幸いなことに顔立ちは整っているし、金髪は磨けば今以上に艶も出るだろう。

青い瞳で自分の姿を見るが、その表情は険しかった。

「前世も酷かったけど、今世も本当に最悪。なんで貴族の娘に生まれたのに、こんなに苦労しないといけないのよ」

マリエの前世の死因は付き合っていた彼氏のＤＶだった。

そして、今世はラーファン子爵という貴族の家に生まれている。

これだけ聞けば、貴族の家に生まれたのだから幸せと思うかもしれない。

しかし、ラーファン子爵家は大きな問題を抱えていた。

貴族としてプライドだけは高く、自分たちの生活の維持をするため借金を重ねている。

――マリエは借金が嫌いだ。

前世の彼氏たちが作った借金で、何度も苦労してきたからだ。

とにかく、ラーファン子爵家というのはお金の扱いが雑だった。

加えて酷いのが、末娘であるマリエの扱いだ。

上の兄や姉たちは、城の中で贅沢な暮らしをしている。しかし、使用人が不足しているため、末の娘であるマリエは使用人と同じような扱いを受けていた。

仕事を与えられ、家族の世話を押しつけられていた。

満足に食べ物も与えられず、自由に使えるお金もない。

マリエが猟銃を担いで森に入っている理由は、食べ物とお金を得るためだ。

手に入れた肉は食べ、そして毛皮などを売って金銭を得ている。

貴族の娘がするようなことではないが、こうでもしないと生きていけなかった。

「何で夢と希望に溢れる〝あの乙女ゲーの世界〟で、私がこんなに苦労しないといけないのよ？　主人公じゃないから？　ただのその他大勢のモブだから？」

心の底から腹立たしいのは、この世界で幸せを掴む主人公の存在だ。

この世界がマリエの予想通りにあの乙女ゲーの世界ならば、主人公の幸せは約束されている。

デフォルトでの主人公名は【オリヴィア】。

乙女ゲーの主人公にしては、胸が大きく男性受けを狙っているようにしか見えないキャラクターだった。

更に、作中での台詞が酷い。

戦争が起きれば「戦うのはいけません」と正論を言うだけで、解決策を提示しないからプレイして苛々させられた。

ゲームをクリア出来なかったのもあって、余計に腹立たしく嫌いになったのをマリエは今でも忘れない。

マリエは、兄がクリアしてくれたおかげで見られたイベント画像や動画を思い出す。

主人公と攻略対象たちの幸せな姿を見せられた。

鏡を前にしてマリエは悪い顔で笑っていた。

「私にだって幸せになる権利はあると思わない？　ねぇ、オリヴィア」

手に持った攻略情報を書き記したノートを抱きしめる。

「主人公様の同級生として学園に入学できるとか、これって運命よね？」

ゲーム知識を使用して、今度こそ自分は幸せになる。

それがマリエの目標だった。

鏡から視線を逸らしたマリエは、俯いて呟く。

「――今度こそ幸せを手に入れてやるんだから」

# 第02話「ルート分岐」

やっぱり魚料理にしておくべきだった。

人生とは選択の繰り返しだが、自ら選んだからには結果が付きまとう。

責任と言ってもいい。

お昼に肉と魚の料理が選べたので、何も考えず肉料理を選んでしまった。

だが、他の生徒たちが食べていた魚料理がうまそうで、失敗したと思わずにはいられなかった。

――お肉もおいしかったが、今日の魚料理を逃したと思うと後悔してしまう。

まぁ、俺の人生はこんな選択肢の連続なのだが――今は、ちょっとだけ普段と違う選択をしようか悩んでいた。

ルクシオン――本体である宇宙船ではなく、ソフトボール程度の大きさの金属色の球体が俺の近くに浮かんでいた。

赤いレンズの奥にはカメラアイが内蔵されており、俺の様子を見ている。

『先程から何をなさっているのですか？』

「これか？」

学園の中庭にある桜とよく似た植物の下には、木製のベンチが用意されていた。

そこに一人で座って背もたれに体を預けている俺は、体を仰《の》け反《ぞ》らせて空を見上げている。

満開の桜を見つつ、右手には金貨を一枚持って指先で遊ばせていた。

「いや、ちょっと悩んでいてさ」

『悩み？　金貨を持っているということは、金銭的な問題でしょうか？　それでは、私の方で硬貨を用意しましょう』

「そうじゃないって」

宇宙船が搭載している人工知能が、俺を近くで守るために球体形の子機を用意した。

それが、今のルクシオンの姿だ。

あの乙女ゲーの課金アイテムなのだが、こいつの性能はとにかく凄い。

その気になればその辺の石ころから、金塊を用意してしまえる。

建造目的が移民船ということで、様々な機能を持たされたらしい。

ただ、性能は凄いのに、人間の心の機微は理解できないようだ。

「前に説明したけど、ここはあの乙女ゲーの世界だろ？　ついでに、俺は主人公様たちとは同級生なわけよ」

ここまで説明すると、ルクシオンがカメラアイを俺から背ける。

まるで興味を失ったような態度に見える。

『また妄言ですか』

「妄言じゃない。お前の存在自体が、あの乙女ゲーの世界だって証明だろうに」

『私は納得していません。そもそも、私が建造された目的は、旧人類を魔素の存在しない宇宙へ逃がして新天地を探すためでした。課金アイテムだからという理由で、存在しているわけではありません』

「そういう設定だろ？」

『――この話を続けても、お互い平行線ですね』

ルクシオンにとって、ここがあの乙女ゲーの世界であるというのは信じがたいことのようだ。

俺だって信じたくないし、出来れば間違いであって欲しい。

しかし、入学式から数日が過ぎると、嫌でも現実を見せつけられる。

「でも、俺が言ったことは当たっていただろ？　王子様や、名門貴族の男子たちは存在していたじゃないか」

『その程度は予想できて当然です。――確かに、マスターの知識には驚かされますが、だからといって全てを信じるわけにはいきません。マスターの場合、乙女ゲーという形で未来予知をした可能性がありますね』

この俺が未来予知？　明日の天気すら読めない俺が、未来が見通せるわけがない。

「俺の前世が全て幻だったと？　それこそ信じたくないな」

『前世という夢や幻を見た可能性もありますね』

「俺の前世をそこまで否定したいのか？」

前世の記憶を取り戻したのは、俺が五歳の頃だった。

生々しい記憶が蘇った当時は混乱したし、自分がおかしくなったのか？　と疑ったことは何度もある。

前世など俺が見た夢ではないか？

存在しない記憶を俺自身が生み出したのではないか？

悩んだ時期もある。

現に、前世での名前を思い出せない。

家族の顔すら朧気《おぼろげ》で、正確に思い出せなかった。

俺が黙り込んでしまうと、ルクシオンが先程の質問の答えを求める。

『それで、何故金貨を持っているのですか？』

「大した理由じゃない。実は今日、裏庭で主人公様と王太子殿下の出会いイベントがあるんだよ」

『出会いイベント？　主人公と攻略対象が出会う強制イベントでしたか』

「そう、それ」

主人公様の名前は、デフォルト通りのオリヴィアさんだった。

王子様――次期国王である王太子殿下の名前は【ユリウス・ラファ・ホルファート】だ。

紺色のショートヘアーで、細身で高身長の美形である。

容姿に加えて地位もあるため、学園の女子たちがキャーキャーと騒いでいたな。

俺は金貨の表と裏を確認する。

女性の顔が描かれた方が表で、裏にはホルファート王国の紋章が描かれている。

「その出会いイベントだけど、見学するかどうか悩んでいた」

ここまで言うと、ルクシオンが俺の行動を予想してやや呆れた電子音声を出す。

『――まさか、覗きに行くかどうかを決めるためにコインを使うのですか？　その程度の判断で迷われていると？』

小さいことで悩む奴！　みたいに言われた気がしたが、気にせず話を続ける。

「正直、物語に関わりたくないんだよな。そもそも俺ってモブだろ？　遠巻きに眺めていたいけど、リアルで出会いイベントってか――イケメンが平手打ちされる場面が見たい」

物語に関わりたくないので、主人公たちには近付きたくない。

そう思ってはいるが、何度も見せられた主人公と王子様の出会いイベントだ。

リアルで見たいという気持ちもある。

しかし、絶対に見に行きたい！　という程でもない。

この微妙な気持ちの揺れを解決するために取り出したのが、金貨というわけだ。

親指で弾《はじ》いて上に飛ばした俺は、回転しながら落ちてくる金貨を掴む。

手を開いて確認すると――聖女様が描かれた表が出ていた。

ベンチから立ち上がる。

「表だな。よし、見に行こうか」

『覗きとは趣味が悪いですよ』

「偶然裏庭に立ち寄るだけだ」

『意図的なので偶然とは言えませんね』

ルクシオンは俺に付いてくると、周囲の景色に同化して姿を消してしまう。

そのまま俺たちは、裏庭へと向かった。

◇

校舎裏に広がる庭園は、裏庭と呼ばれている。

管理された庭園には池が用意され、そこを覗き込むように立っているのはユリウス殿下だった。

物憂げな表情をしているが、同時に近付きがたい雰囲気を出している。

物陰にある茂みに隠れて様子をうかがう俺は、小声でルクシオンと話をする。

「美形は何をやらせても絵になるから羨ましいな」

『妬《ねた》みですか？』

「それもある。でも、そんな絵になるユリウス殿下が主人公様に平手打ちされるんだぞ。今から楽しみだ」

『とても素晴らしい性格をしていますね』

「相変わらず皮肉が多いな」

『言わせているのはマスターでは？　――おや？』

ルクシオンのカメラアイが動き、こちらに忍び寄ってくる女子を発見していた。

隠れている俺たちに気が付いていない。

最初は主人公様かとも思ったが、近付いてきた女子はパッケージの表紙とは似ても似つかなかった。

小柄で、髪型も緩やかな癖を持つロング。

瞳の色は似ている気もするが、それ以外が違いすぎる。

「何度か見かけた女子だな」

『同級生ですから、学園で見かける機会も多いでしょうね』

「まぁ、それもそうだけどさ」

何度か見かけたが、その度に妙に気になってしまう女子だ。

気になる理由は好意ではなく、腹立たしいというだけ。

別に憎んではいないが、顔を見ていると苛々してしまうのだ。

『マスター、彼女はユリウスに接触しようとしていますよ。彼女が主人公なのですか？』

俺は現れた女子に気付かれないように、移動を開始する。

「違うな」

ゲームでのイラストでは、もっと背もあって肉付きもよかった。

主人公ではないはずだ。

気付かれないように近付くと、女子の独り言が聞こえてくる。

随分と緊張した様子で、周囲を気にしている余裕もないようだ。

俺の接近に気付いていない。

「落ち着くのよ、マリエ。王子様との出会いイベントをうまく利用して、このまま面識を持てばこっちのものよ」

その瞬間に全てを理解した。

——あぁ、こいつも俺と同じなのだ、と。

王子様との出会いイベントを利用する、と言うので急いで確保することにした。

「ルクシオン、ついてこい」

飛び出すタイミングを計っている女子——マリエに忍び寄り、そしてユリウス殿下に声をかけようと歩き出すタイミングで後ろから飛び付いた。

腕を掴み、口を押さえてすぐにその場から強引に連れ去る。

「んっ！」

何が起きているのかわからないマリエは、酷く驚いていた。

抱きかかえると暴れ出すが、そのまま急いでこの場を離れ——人気《ひとけ》がない場所を目指す。

「誰にも見つかりたくない」

俺がそう言うと、ルクシオンが姿を現して俺を先導する。

『私についてきてください』

ルクシオンに導かれるまま、俺はマリエを抱えて走った。

◇

人気のない場所というのは、学園内にある校舎と垣根の間だった。

先程の場所から、そう遠くはない。

草木に囲まれており、人通りも少ないため会話も可能だろう。

マリエを解放してやると、本人は怯えながらも睨んできた。

「な、何てことをしてくれたのよ！　私は急いでいるの。こんなことをして、ただで済むと思っているの？　絶対に許さないわ」

強がってはいるマリエだが、脚を震わせていた。

どうやら、怖がらせてしまったらしい。

しかし、その強がる態度が、どうにも前世の妹と重なって見えてしまう。

容姿は似ても似つかないのに――いや、少し似ているか？　雰囲気とか？

だから苛々するのだろうか？

俺は素直にマリエの目的を尋ねる。

「王子様との出会いイベントを潰されたくないからか？」

俺の言葉の意味を正しく理解したマリエは、目を大きく開いてから、ゆっくりと細めた。

表情から怯えが消え去り、今は冷たい目を俺に向けている。

マリエも俺が自分と同じだと気付いたようだ。

「あんたも私と同じみたいね」

マリエの反応を見る限り、どうやら間違いなかったようだ。

隠し通そうというつもりもないらしい。

「何の真似だ？　どうしてこんなことをする？」

「こんなことって何よ？」

「出会いイベントを邪魔しようとしただろ？」

マリエが何を考えて、あの場に現れたのか俺には予想がついていた。

ただ、確認のために問い質しているだけだ。

「――あんたに関係あるの？」

俺から顔を背けるマリエは、やはり出会いイベントを利用して主人公を出し抜くつもりだったようだ。

「あるに決まっているだろうが。お前、自分が何をしているのか理解しているのか？」

余計なことをするなと忠告するが、マリエは聞く耳を持たなかった。

「五月蠅《うるさ》いわね！　それより、いい加減に解放してよ。早くしないと、主人公が来ちゃうじゃない！」

逃げようとするマリエを壁に追い詰め、両手を壁について逃げ道を塞いだ。

小柄なマリエは、男子に追い詰められるも強がっていた。

俺は強く念を押す。

「邪魔をするな。いいか、主人公が王子様たちと出会わないと世界が滅ぶぞ」

主人公たちの恋愛が成功しなければ、この世界はゲームオーバーになってしまう。

まぁ、簡単に言えば滅びてしまうわけだ。

人生のゲームオーバーを迎えるには、まだ早すぎるので遠慮したい。

「はぁ？　何でそうなるのよ？　脅しなら、もっとマシな台詞を考えて。解放しないと、叫んで人を呼ぶわよ。私がここで叫んだら、あんたの学園での生活——いえ、人生が詰むわよ」

悪巧みを思い付いたような笑みを見て、こいつは性格が悪いと確信した。

前世の妹と同じレベルで性格が悪い。

確かに、この場でマリエが叫べば、俺が悪者になってしまう。

だが、どうにもおかしい。

どうしてこいつは、王子様を狙っているのか？

「お前、あの乙女ゲーをプレイしたんだよな？　なら、なんで出会いイベントを潰そうとするんだよ」

「そんなの決まって——」

話をしていると、遠くから言い争う声が聞こえてくる。

俺とマリエは顔を見合わせると、走って現場へと向かった。

その途中で「パシンッ！」という気持ちのいい音が聞こえてくる。

その音が何を意味するのか、俺たちは知っていた。

俺は頭をかく。

「せっかくの出会いイベントを見逃したか」

俺としては、ユリウス殿下が平手打ちされるシーンを見られなくて残念、程度の気持ちだった。

しかし、マリエは違う。

マリエは壁に背中を預けたまま膝から崩れ落ちる。

目に涙を溜めていた。

「そ、そんな――せっかく学園に入学したのに。十年間も待ったのに！」

ボロボロと涙をこぼして泣き始める。

そのあまりの様子に、俺も同情してしまうほどだった。

「お、おい」

「今度こそ幸せになれるって思っていたのに！　あんたのせいよ。あんたのせいで、私はずっと貧乏なままよ！」

マリエが泣きじゃくり、俺に文句を言ってくる。

――女が泣くのは苛々して嫌いだ。

『マスター、一度情報の共有を行った方がよろしいのではないでしょうか？』

ルクシオンの提案に、俺もその必要性を感じた。

あの乙女ゲーをクリアしているなら、出会いイベントを潰そうなどと考えないはずだ。

「そうだな。おい、いい加減に泣き止めよ。とりあえず、お互いに話でも――」

俺が提案をしながら右手を差し出すと、マリエが払いのける。

涙を拭ったマリエは、俺を睨み付けていた。

手を握りしめ、明らかに怒っている。

「絶対に許さないから」

それだけ言うと、マリエは俺に背を向けて走り去ってしまった。

「お、おい！」

慌てて声をかけるが、マリエは振り返ることもなく遠ざかっていく。

伸ばした手を引っ込めると、ルクシオンが一言。

『嫌われてしまいましたね』

「――そうだな」

俺は振り返って裏庭にある池の方を見た。

そちらでは、平手打ちをされたユリウス殿下が笑っている。

「何だ、お前は俺のことを本当に知らなかったのか」

楽しそうに笑っているユリウス殿下を前に、ボブカットの女子が困惑した表情をしていた。

水色の瞳に、亜麻色の髪。その豊かな胸元を見て、すぐに察した。

――彼女が主人公だと。

「し、知りませんよ。そもそも、初対面ですし」

「貴族を相手に平手打ちとは、度胸がある平民だな」

からかうように笑うユリウス殿下に、主人公――オリヴィアさんが学園にいるのが全て貴族であると思いだして身を縮こませた。

オリヴィアさんは平民出身だ。

学園には、魔法の才能があるからと特待生枠で入学を許されている。

そんな子が貴族に平手打ちをしたとなれば、いくら無礼な振る舞いがあったとしてもタダでは済まない。

「う、うぅ」

困っているオリヴィアさんに、ユリウス殿下は優しい口調で名乗る。

「別に怒ってなどいないさ。自己紹介がまだだったな。俺はユリウス。ユリウス・ラファ・ホルファートだ」

フルネームを教えてやると、オリヴィアさんも気付いたらしい。

「——王子様？」

「そうだ。そんな俺を平手打ちするとは——お前は他の女とは違うな」

ユリウス殿下が微笑《ほほえ》むと、オリヴィアさんが血の気の引いた顔をしていた。

俺は物陰から様子を見ながら、この状況に少し違和感があった。

「これ、ユリウス殿下は好感度が上昇したかもしれないけど、オリヴィアさんは心労が増しただけじゃないか？」

平手打ちをしたのが、まさかの王子様でした——なんて、オリヴィアさんからすれば大問題だろう。

ユリウス殿下は気にしていないようだが、平手打ちをしたオリヴィアさんは深刻そうな顔をしている。

——リアルで考えると問題行為だから、こうなるのも当然だろうか？

ルクシオンも俺の意見に同意らしい。

『実際に随分と焦っているようですからね』

「もっと楽しそうなイベントだと思ったけど、リアルだとこんなものか」

◇

「くそっ！　くそっ！　何なのよ、あのモブ野郎！　同じ転生者だからって、私の幸せを邪魔するとか、絶対に許せない」

誰もいない校舎裏で、マリエは苛立ちを紛らわせるために壁を蹴っていた。

せっかくのユリウス殿下との出会いのチャンスを奪われ、腹立たしくてしょうがなかった。

肩で息をしながら、呼吸を落ち着ける。

マリエはすぐに思考を切り替えると、他の攻略対象の男子生徒たちの顔を思い浮かべることにした。

「まだ他にもいる。四人もいれば、一人くらいならきっと——」

一人くらいなら自分になびいてくれる男がいるかもしれない。

普通の男ではない。

地位、財産、権力——それらを兼ね備えた貴公子たちだ。

マリエが前世で付き合ってきた男たちとは違って、幸せにしてくれる存在たちだ。

「チャンスは四回。そうよ、まだ私にはチャンスがあるんだから」

少しでも確率を上げるために、マリエは全員と接触するつもりでいた。

出会いイベントを利用しようとしたのも、その方が効率的だと思ったからだ。

何しろ自分は、彼らが喜ぶ選択肢を知っているのだから。

きっかけさえ掴んでしまえば、後は相手の性格や好みを知っている自分が有利である。

「ユリウス殿下はもったいなかったわね。王太子って言えば、次の王様じゃない。そんな人が恋人になってくれたら、絶対に幸せになれたのに」

前世と違ってお金に苦労せず、暴力も振るわれない。

そんな暮らしを夢見るマリエは、両の頬を手で叩いて気合いを入れ直す。

ただ――一つだけ気がかりなことがあった。

「それにしても、あの糞モブは腹が立つわね。何だか――あ、兄貴に似ていた気がするし」

壁に額を押し当てて、マリエは気落ちする。

転生してからすぐに、前世の兄の顔と名前を思い出せなくなった。

スマホに写真を残していたので、気が向いたら何度も見ていたが――今は兄の顔を見る事ができない。

ただ、自分の邪魔をしてきた男子は、雰囲気が似ていた。

そのことが、妙に腹立たしい。

「兄貴に似ているのも嫌なのに、邪魔をしてくるとか最悪！　――本当に最悪」

◇

『あの～、ちょっとよろしいでしょうか？　その本、お好きなんですか？　実は私もお気に入りなんです～』

壁に映し出された動画は、ルクシオンのカメラアイがプロジェクター代わりに投影したものになる。

そこに映し出されているのは、図書室で本を読んでいる貴公子【ブラッド・フォウ・フィールド】に声をかけるマリエの姿だった。

ブラッド――辺境伯であるフィールド家の嫡男で、紫色の髪と瞳を持つ。

小柄で近接戦闘に問題を抱えているが、魔法は得意で座学の成績も優秀。

ゲームで言えば魔法使い的なキャラクターだな。

あの乙女ゲーの攻略対象の一人もある。

声をかけられたブラッドは、小さなため息を吐くとマリエに視線を向ける。

『気持ちは嬉しいけど、君の気持ちには応えられないよ』

『へ？　あ、あの』

優しいが、突き放すような言葉にマリエは狼狽えていた。

マリエの台詞だが、オリヴィアさんがブラッドと遭遇するイベントの物で間違いない。

ブラッドが読んでいた本に興味を持ち、そこから二人の関係が始まるのだが――マリエは失敗していた。

ブラッドが困った顔をしながら、マリエを慰めている。

『君、無理をして僕の気を引こうとしているだろ？』

『え？』

『僕が読んでいる本に興味があると言いながら、君の視線や態度からは気持ちが伝わってこなかったよ』

本に興味があると言いながら、その本を見ていなかったということか？

攻略対象の男子様たちは、意外と見る目があるらしい。

マリエが黙り込んで俯いてしまうと、ブラッドが困ったように指で頬をかく。

『まぁ、僕のような美男子に惚れてしまうのは当然だからね。君の行動に罪はないさ。そうだ、五月にはお茶会を開くから、その時は君も招待するから必ず来てね。歓迎するからさ』

そう言ってブラッドは席を立つと、本を持ってマリエから離れていく。

マリエはその場に立ち尽くしていた。

動画が終わると、投影を止めたルクシオンが俺にカメラアイを向けてくる。

『マスターの指示でマリエを探りましたが、攻略対象への接触はご覧の通りうまくいっていません』

「見ていて悲しくなってくるよな。やっぱり、偽物が本物の真似事をしても駄目か」

マリエがいくら頑張ろうとも、オリヴィアさんには敵わない。

安堵する俺とは対照的に、ルクシオンはマリエを警戒している。

『現時点では成功していませんが、マリエもマスターと同じ存在ですよ。もっと警戒するべきですよ』

「失敗続きのマリエを警戒だって？　成功するようには見えないし、もう放置してもいいだろ」

『それでは、監視は止めますか？』

「――いや、もうしばらく様子を見よう」

何も出来ないとは思うが、自棄《やけ》になってもらっても困る。

念のために監視は続けさせておこう。

マリエが状況をかき乱すおかげで、あの乙女ゲーのシナリオを心配しなければならなくなった。

俺としては、遠巻きにオリヴィアさんたちを眺めるだけでいたかったのに。

# 第03話「ステファニー・フォウ・オフリー」

学園――それは、ホルファート王国が貴族の子弟を集めて教育する場所だ。

あの乙女ゲーの舞台でもある。

本来は貴族しか通えない学園に、特待生として平民出身の女の子が入学するところから物語が始まる。

乙女ゲーの王道展開を俺は知らないが、それでも無難な感じがする。

しかし、あの乙女ゲーの世界というのはおかしいと思う。

学園校舎の廊下を歩いていると、一人の女子が取り巻きを連れて真ん中を歩いていた。

肩で風を切って歩く女子は、金髪を両サイドで編み込んで輪を作っている。

独特な髪型をしている女子は、顔立ちは悪くないのに表情や態度が全てを台無しにしていた。

その女子の斜め後ろに立っているのは、騎士家――騎士爵や準男爵家出身の女子たちだ。

前世の学校との違いでもあるが、この学園では実家の権力が物を言う。

実家同士の付き合いから、入学と同時にグループが出来るのは珍しいことではない。

取り巻きの後ろには、専属使用人と呼ばれている亜人種の奴隷たちもいた。

その数は三人。

エルフが一人に、獣人が二人だ。

奴隷と言っても契約を結び、賃金をもらっている労働者だ。

身分の高い――それこそ、男爵家と子爵家の娘たちは、学園での生活の世話をさせるために亜人種の奴隷を雇う。

亜人種――主にエルフや獣人たちが一般的だが、彼らは容姿が整っている。

種族全体で美形が多く、貴族の女性たちから人気が高かった。

ついでに言えば、契約内容には肉体関係も含まれている。

女子が美形の奴隷を連れているというのは、愛人を連れ歩いているのと一緒だ。

――本当に嫌な世界だ。

何が嫌って、男子には専属使用人を持つことが禁止されている。

愛人を連れ歩けるのは女子だけで、男子が同じ事をすれば周囲から白い目で見られるし、人間性を疑われてしまう。

こういうのは何と言ったかな？　女尊男卑？　だったか？

――転生できる世界を選べるなら、俺は絶対にこの世界だけは選ばなかっただろう。

廊下の真ん中を歩き、周囲の邪魔をしていることは本人も気付いているのだろう。

道を譲る俺たち男子や立場の弱い女子を見ては、意地の悪い笑みを浮かべていた。

揉めたくないので素直に道を譲って壁際に立つと、すれ違う連中が俺を見て馬鹿にしたように笑っていた。

学園の男子を随分と舐めているようだ。

迷惑な連中が離れると、姿を消したルクシオンが話しかけてくる。

『奴隷に見下されるマスターというのも、見ていて面白いものですね。貴族であるマスターを奴隷が蔑《さげす》むというのが理解に苦しみますが』

周囲の生徒たちに聞こえないように、俺はその理由を話す。

「学園の男子は女子に結婚してもらう立場だ。言わば、この学園での最底辺ってことだよ」

『随分と特殊な環境ですね。ですが、あそこまで露骨な態度を取るグループも珍しくはありますん』

学園内で男子の立場は弱いが、あそこまで露骨に見下してくる相手も珍しい。

「う〜ん、どこかで見たような気はするけど、誰だったかな？」

あの乙女ゲーで見たような、見ていないような。

俺の記憶も随分とあやふやになってきた。

頭をかいていると、三人組の女子がヒソヒソと話をしていた。

「あの子がオフリー家の娘よ」

「強引な手段で成り上がったって噂のオフリー家？」

「元商人だってさ。関わりたくないわよね」

オフリー家の娘が遠くに離れた段階で、三人は喋り始めた。

「冒険者上がりならまだしも、家を奪い取った商人でしょ？」

「貴族の血も流れていないみたいよ」

「何を理由に貴族を名乗っているのかしらね？　学園に来て恥ずかしくないのかしら？」

クスクスと笑う女子たちの話が、段々盛り上がっていく。

「伯爵家なのに、王宮に呼ばれることも少ないみたいよ」

「王宮に嫌われている証拠よね」

「だって貴族じゃないもの」

俺は何とも言えない顔で振り返り、離れていくオフリー家の娘を見ようとした。

「っ！」

だが、オフリー家の娘は、遠くで立ち止まってこちらに――お喋りをしていた女子たちに鋭い眼光を向けていた。

数十秒、睨み付けた後にオフリー家の娘たちは去って行く。

◇

放課後。

廊下の真ん中を歩いて周囲に迷惑をかけていた女子は、校舎裏に三人の女子を呼び出していた。

彼女の名前は【ステファニー・フォウ・オフリー】。

オフリー伯爵家の令嬢である。

「あんたら、昼間に私の悪口で盛り上がっていたみたいね」

怯えている三人の女子たちに、ステファニーは顔を近付けて陽気に振る舞っている。

ステファニーの周囲には、彼女の専属使用人が三人。

取り巻きの女子たちは、誰も近付かないように周囲を見張っていた。

顔を近付けられた女子が、必死に言い訳をする。

「ち、違うわ！　話題に出しただけで、誰もあなたの悪口なんて言ってない！」

それを聞いて、ステファニーが振り返って自分の専属使用人の一人を見る。

「らしいけど、どうだったの？」

獣人の専属使用人は、自慢の耳を指先で触れた。

「お嬢様の悪口は言っていませんでしたよ。言っていたのは、ご実家の悪口ですからね」

ステファニーが口角を上げて笑いながら、言い訳をした女子を見る。

すると、表情が一変した。

「うちの子は耳がいいのよ。あんたらの会話も筒抜けなの。それで――私の実家が何だって!!　言ってみろよ、貧乏男爵家の娘がよ！」

相手の女子の胸倉を掴み上げ、乱暴な口調でまくし立て、激しく揺さぶり壁に何度も叩き付ける。

興奮したステファニーの額には血管が見え、目が血走っていた。

揺さぶられた女子が、豹変したステファニーを前に怯えて涙を流して座り込む。

「ごめんなさい。ごめんなさい」

ステファニーは手を離すと、舌打ちをして他二人を睨み付けた。

「金もない貧乏貴族が、偉そうにしてんじゃないわよ!! あんたらみたいに、昔の功績だけで偉そうにしている奴らを見ていると反吐《へど》が出るわ」

興奮して罵《のの》り続けるステファニーを、専属使用人の一人がなだめる。

「お嬢様、興奮して口が悪くなっておられますよ」

ステファニーが渋々と罵るのを止めた。

だが、三人の女子たちを許すつもりはなかった。

「オフリー家を舐めた報いを受けてもらうわ。あんたらみたいな、貧乏貴族が私を見下すとか絶対に許さないから」

冷たい口調に、三人の女子たちが脚を震わせていた。

オフリー家は王国でも有名な家だ。

そんな家を怒らせてしまい、今になって怖くなったのだろう。

ステファニーの実家であるオフリー家は、元は子爵家だった。

しかし、借金にまみれ、商人に爵位などを売り渡してしまった。

形としては商人の子供を養子にして、というものになっている。

だが、売り渡したのは誰の目から見ても明白だった。

その後は商人の一族がオフリー家を牛耳り、伯爵家にまで上り詰めた。

短期間で伯爵家に陞爵《しょうしゃく》できたのは、強引な手段を執ってきたから。

賄賂《わいろ》、脅し、その他諸々。

空賊と繋がっているという噂まで存在する。

オフリー家というのは、後ろ暗い噂の絶えない家だった。

そんな家の娘であるステファニーには、大きな劣等感があった。

貴族として生まれながら、貴族として扱われない。

貴族の血を引いていないと、馬鹿にされて過ごすのが耐えがたかった。

(どいつもこいつも、私を見下しやがって！　フィールド家のブラッド様と婚約もしたのに、まだ貴族と認めないつもり？)

ステファニーには学園に入学する前から、婚約者がいる。

フィールド辺境伯の嫡男であるブラッドだ。

建国当初から存在する名門中の名門フィールド家。

その嫡男との婚約が正式に決まっていた。

オフリー家にとっては、貴族の血を迎え入れる絶好の機会だ。

ステファニーが三人にどうやって仕返しをしようか考えていると、取り巻きの一人が慌てて駆け寄ってくる。

取り巻きの名前は【カーラ・フォウ・ウェイン】。

準男爵家の娘で、ストレートロングの紺色の髪が特徴的だった。

他の取り巻きの女子たちよりも、少しだけ気が利くのでステファニーはよくこき使っていた。

「お嬢様！」

「――何よ？」

邪魔をされて不機嫌な態度を取ると、カーラは萎縮してしまう。

だが、何も言わないわけにはいかず、怯えながら報告してくる。

「ブラッド様に近付く女子がいます」

「は？」

ドスの利いた声を出すと、カーラが余計に怯えて口を閉じてしまう。

ステファニーは苛立ち、カーラの肩を掴むと強く握りしめた。

「誰？　誰が近付いたの？」

「マリエです！　ラーファン子爵家の娘、マリエがブラッド様に言い寄りました！　何人もの生徒たちが見ていて、間違いありません！」

それを聞いたステファニーが、先程以上に激怒して奥歯を噛みしめる。

眉根を寄せて眉間に深い皺《しわ》を作ると、取り巻きたちに命令する。

「徹底的に調べなさい。――ブラッド様に近付くとか、オフリー家に喧嘩《けんか》を売っているわ」

ブラッドには自分という婚約者がいるのに、堂々と近付くなど喧嘩を売るのと同義だ。

このまま引き下がれば、また学園内で有象無象が騒ぎ出す。

舐められたくないという強い気持ちと、ようやく貴族として認められるチャンスを奪われるという焦燥感がステファニーを突き動かす。

「――私に喧嘩を売る奴は、どんな手を使っても潰してやる」

◇

夜。

男子寮の自室で古いノートを開く俺は、昼間の事が気になっていた。

ノートに書かれているのは、俺がこの世界で前世の記憶を取り戻した際に書き記したあの乙女ゲーの情報だ。

あの頃の俺は、ここがあの乙女ゲーの世界だと知って途方に暮れていた。

しかし、ゲーム知識があれば何とかなるかもしれないと考え、記憶が鮮明な内に書き出せるだけ情報を書き出した。

今の俺にとっては、攻略本みたいなものである。

あの頃の俺、グッジョブ。

そして、オフリー家に関わる記述を発見する。

「どこかで聞いた家名だと思えば、ストーリーの中盤で絡んでくるステファニーかよ」

思い出してみると、そういえばそんなキャラもいたな、と当時の記憶が蘇ってくる。

部屋の中央に浮かんでいたルクシオンが、俺の方にカメラアイを向けてくる。

『思い出したようですね』

「あぁ、気持ち的にはスッキリしたけど、こいつの存在を思い出すとちょっとな」

ノートを閉じた俺は、ベッドの下にある革製の旅行鞄を取り出した。

そこにノートを隠すと、元の位置に戻してからベッドに腰掛ける。

『その様子からすると、厄介な存在なのですね』

「ゲーム中盤に、チヤホヤされる主人公を妬んで空賊をけしかけてくる奴だからな。ゲームでも酷い性格をしていたけど、実際も同じだな」

ゲーム通りというのは、俺にとってはある意味朗報だ。

マリエのように、不安要素がないという意味ではありがたい。

ただ、ステファニーのような存在が同じ学園にいるのは、ちょっとばかり面倒だ。

『空賊と繋がりを持っているのですか？　王国貴族は、空賊に対して厳しい態度を取っていたはずですが？』

ホルファート王国の貴族たち、特に領主貴族たちは、空賊——いや、全ての賊という存在を嫌悪している。

自分たちの利益を奪う存在だから仕方ない。

しかし、何事にも例外は存在する。

「空賊と繋がって利益が出れば、手を結ぶ奴らも出てくるさ。確か、ゲームだとオリヴィアさんたちに負けた後に、家ごとトカゲのしっぽ切りにあっていったな」

中盤の山場とも言えるイベントに関わるステファニーは、ゲーム的には敵キャラだろう。

俺のようなモブと違って、派手な見せ場がある脇役だ。

「そういえば、ブラッドの婚約者でもあったな」

疑問に思ったルクシオンが、俺に問い掛けてくる。

『ブラッドは名門貴族の嫡男でしたね。そのような相手と婚約しているのに、随分と軽率な行動をするものです』

黙っていれば、オリヴィアさんがブラッドを選ばない限り無事に結婚できただろうに。

ゲームでは軽率な行動から、全てを失っていた。

別に同情しているわけではないが、選択を間違った可哀想な奴だろう。

「そもそも軽率な脇役キャラだから、考えるだけ無駄だろ」

『マスターはゲーム的な知識を優先し、現実を軽視しているように見受けられます』

「それで間違っていないなら、別に問題じゃないだろ」

『――いつか痛い目を見ないといいのですけどね。もっとも、私にとってはどれも些細な問題ですが』

ルクシオンにしてみれば、この程度は問題にすらならないのだろう。

何しろ、こいつはたった一隻で世界を滅ぼせるような危険な奴だ。

死にたくない一心で解放してしまったが、ちょっとだけ後悔している。

「ところで、マリエはどうなっているんだ？」

俺が話を切り替えると、ルクシオンがマリエの近況を報告してくる。

『あの後もアプローチを続けていますが、結果は芳《かんば》しくありません。今日も攻略対象の一人に近付こうとしています』

「今日？　そうなると――」

俺はノートをパラパラとめくり、本日の出会いイベントが発生する相手を探した。

# 第04話「出会いイベント」

学園があるのは、ホルファート王国の首都である王都だ。

外に出れば、王宮を中心に街が広がっている。

学園には門限があるのだが、多くの生徒たち――特に女子たちが、夜遅くまで遊んでいる姿が頻繁に目撃できる。

女子にとって、門限などあってないようなもの。

逆に男子が門限を破ったのが知られると、それなりに厳しい罰が待っていた。

腕立て伏せや、スクワットを数百回課せられ、オマケに反省文も加えられる。

門限破りが数度続けば、謹慎処分も受ける。

それもあって男子たちの姿は少ないのだが、中には罰を気にせず出かける者もいる。

(見つけた！)

学園を抜け出したマリエは、ある男子を見かけると近付いていく。

短い赤髪を逆立てた筋肉質の男子は、堂々と学生服で王都を歩いていた。

見回りをしている教師たちに見つかるのを恐れず、食事をするため店を探している。

彼の名前は【グレッグ・フォウ・セバーグ】。

セバーグ伯爵家の嫡男で、腕自慢の男子だ。

少々短気な性格をしているが、豪快で男らしく、戦いでは頼りになる人物である。

そして、あの乙女ゲーの攻略対象の一人である。

グレッグが食事をする店を選び、入ろうとしたタイミングでマリエは駆け出した。

(よし、今だ!)

「あれ〜? もしかして、グレッグ様じゃありませんか? こんなところで会えるなんて思ってもいませんでした」

ニコニコと笑顔で話しかけるマリエに、店の入り口で立ち止まったグレッグが顔を向けてくると、そのまま首をかしげる。

「あ〜、誰だっけ?」

取り繕うことをせず、ほとんど面識のないマリエに名前を尋ねる。

曖昧な返事で誤魔化さないのが、グレッグという男だった。

マリエは内心で少し焦るも、まだ巻き返しは可能と自身に言い聞かせる。

(一度面識を持ってから、一緒に食事をする流れなのよね。一度だけ顔を合わせたことはあるけど、その時は話もしっかり出来なかった。で、でも、ここからよ。一緒に食事さえしてしまえば、後はどうとでもなるわ)

マリエは前世で夜の世界で働いた経験もあり、きっかけさえあれば自分なら攻略対象たちでも落とせると思っていた。

彼らの性格、そして好みを知っている。

後は自身の経験でカバーすれば、あの乙女ゲーのシナリオよりも早い段階で親密になれるという自信を持っていた。

「覚えていませんか？　以前に授業でご一緒になりましたよ」

「そうなのか？　全然覚えていないな」

「あはは、そ、そうですか。マリエです。マリエ・フォウ・ラーファンです」

「――思い出せない」

授業中に同じ班になったことがあるのだが、グレッグは少しも覚えていない。

何しろ、マリエとはほとんど会話らしい会話をしていないからだ。

それでも、マリエは何とか食らいつこうとする。

（くそっ！　授業中に私の邪魔をしてきた女子たちが憎い。グレッグに近付こうと、私を押しのけたあの女子たち、絶対に許さないからね！　私の幸せの邪魔をする奴らは――奴らは――誰であっても）

一瞬、リオンという男子生徒の顔が思い浮かぶ。

（また、あいつの嫌な顔がちらつく）

攻略対象に近付く度に、自分の幸せを邪魔してきた男子の顔が思い浮かぶ。

そのせいで、攻略対象たちに集中できていない。

（あいつのことなんてどうでもいいのに）

だが、マリエはすぐに意識を切り替えた。

自分の邪魔をした女子たちを恨みつつ、マリエはグレッグとの出会いイベントを起こそうと主人公の台詞を真似る。

「これからお食事ですか？」

(誘ってこい、誘ってこい！　私を誘えぇぇぇ!!　というか、お腹が空いたの！　私にも何かおごってぇぇぇ!!)

笑顔で尋ねているマリエだが、内心ではかなり焦っていた。

これから食事ですかと尋ね、その後にグレッグが一緒に食べるか？　と言えば、出会いイベントが起きる。

しかし、グレッグはマリエを見てから、店の中を覗いて頭をかく。

華奢《きゃしゃ》で女の子らしいマリエには、今から入る店は合わないとでも思ったのだろう。

「今日はガッツリ食べたいから肉料理だ。あんたは興味ないだろうが、男はこういうのが好きなのさ。じゃあな」

そう言って店に入ろうとするグレッグを見て、マリエは笑顔のまま固まってしまう。

だが、そのタイミングで一人の女子が現れた。

荷物を両手で抱きしめるように抱えた女子は、グレッグに気が付くと自然と声をかけてくる。

変な気負いもなければ、猫をかぶる様子もない。

ただ、知り合いに会ったので声をかけた——そんな風に。

「あれ？　グレッグさんですか？」

声を聞いて、グレッグが足を止めた。

顔を向けると、先程のマリエの時とは違って上機嫌だ。

「オリヴィアか？　何だ、お前も夜遊びかよ」

夜遊びを指摘されると、オリヴィアは顔を赤くして否定する。

「ち、違いますよ。頼んでいた本を受け取って来たんです。本当は門限までに帰るつもりだったんですけど、書店で色んな本を見ている内に時間が過ぎちゃって」

門限を破った理由を話すオリヴィアだったが、店の中からおいしそうな匂いが漂ってきたのがいけなかった。

ステーキを出すような店で、鉄板で肉を焼く音が聞こえてくる。

すると、オリヴィアのお腹が可愛らしい音を鳴らす。

本人は買ってきた本で顔を隠してしまい、それを見たグレッグが口を大きく開けて笑い出した。

「腹が減ったのかよ。いいぜ、今日は俺の奢りだ」

「で、でも、そんなの申し訳ないですよ」

「誘ったのは俺だからな。気にせず食えよ」

「わ、私、結構食べる方ですよ」

恥ずかしそうに言うオリヴィアを見て、グレッグは更に興味が出たようだ。

「そいつはいい。俺が確かめてやるから、今日は好きなだけ食べてくれ。お前の言葉が本当か見極めてやるよ」

「そう言われても」

「腹が減っている俺に付き合ってくれよ」

そう言って、グレッグはオリヴィアの背中を押して店に入っていく。

マリエは二人の様子を見て、何故か無性に寂しく――切なくなった。

(何よ。私がいくら頑張っても、主人公の天然には勝てないっていうの？　こんなの酷いじゃない。私がどれだけ努力したと思っているのよ)

オリヴィアの登場に喜ぶグレッグを見て、マリエは悲しくなって背を向けて駆け出す。

(どうしてうまくいかないのよ。どうして！)

涙が流れた。

人混みの中をかき分けて二人から離れると、マリエの腕が掴まれる。

驚いて顔を上げると、そこにいたのはリオンだった。

「捜したぞ」

◇

マリエを連れて路地に入り、二人きりとなった。

周囲には人々が行き交っているが、俺たちに興味を示さない。

俺もマリエもフード付のローブを身にまとっているため、見回りをしている教師たちも気付かないだろう。

落ち込んでいるマリエは、俺の前で俯いている。

小さくため息を吐いた俺は、マリエに提案する。

「お前と話がしたい」

「いや」

だが、マリエは俺の提案を即座に拒否した。

学園内でも何度もマリエに近付いたが、その度に逃げられていた。あまり追いかけては、悪い噂が立つためルクシオンに監視させるに止《とど》めていた。

正直、俺だってマリエと関わりたくはないが、余計な面倒を起こさせないためにも話し合いは必要だ。

別に仲良くするつもりはない。

ただ、敵対して揉めたくないだけだ。

「お前が嫌でも、俺は話がしたいんだよ」

「五月蠅い」

「は？」

「五月蠅いって言ってるのよ！　あんたのせいよ。あんたのせいで、せっかくのチャンスを私は三度も無駄にしたわ。あんたさえいなければ、今頃は私だって幸せになれたのに」

俯いて幸せがどうとか言われても困る。

個人の幸せも大事だとは思うが、俺からすれば国が滅んでは意味がない。

「何で攻略対象を狙うんだよ？　男なんて他に沢山いるだろうが」

もっと現実的な範囲で幸せを掴んで欲しいと言うと、マリエは俺から顔を背ける。

「地位も名誉も、それにお金もあるイケメンがいるのよ。そんな彼らと付き合えるチャンスがあるのに、あんた何もしないで指をくわえて見ているつもり？」

「俺は現実的な男だから、そんな無謀なことはしない」

「それなら、男女逆ならどうするのよ？　美人で優しいお嬢様がいて、付き合えるチャンスがあってもあんたは手を出さないの？」

——この世界、学園の男子というのは非常に苦しい立場にある。

二十歳までに結婚できなければ、何かしら問題がある人物としてみられる。

だから何としても結婚したいのだが、選ぶのは女性側だ。

いい男は結婚できるが、その他大勢は余りまくっていた。

かなり年上の女性の後夫になるケースだって少なくない。

そんな環境にいる俺に、マリエが言うチャンスが巡ってきたら？

考えるまでもない。

「狙うな」

深く頷いて納得していると、マリエが鼻で笑ってくる。

「そういうことよ。だから、あんたは私の邪魔を――」

マリエが邪魔をするなというタイミングで、何やら豪快な音が聞こえてきた。

こう――グゴゴゴ!!　みたいな？　肉食獣のうなり声的な？

マリエの小さな体から、とんでもない音が聞こえてきて困惑した。

「え？　今のって」

マリエはその場に座り込むと、膝に額を当てて泣き出してしまう。

「もう、本当に最悪よ。小さいのに燃費が悪いし、オマケにあいつと比べて何もかも負けているし。こんなの、どうやって勝てばいいのよ」

何があったのか知らないが、今回はかなり落ち込んでいるようだ。

俺が困っていると、ルクシオンが姿を現す。

『マスター、互いの状況を確認する必要があると判断します。一度、互いの持つ情報を共有するべきです』

「そ、そうだな」

俺は泣いているマリエに、とりあえず――。

「腹が減っているなら、飯をおごるから一緒に来いよ」

――食事に誘った。

◇

路地を出た俺たちは、手頃な店に入った。

入った店の雰囲気だが、客層は一般的だろうか？

酒も出してはいるが、酒場のような雰囲気でもない。

家族連れも食べに来ており、楽しそうに食事をしていた。

案内されたテーブル席に座ってメニューを開くと、値段を見た俺はアゴに手を当てる。

「少しお高めの良い店って感じかな？」

安くて沢山食べられるお店ではないが、客の入りを見ると地元に愛される人気店という印象を受ける。

一人納得している俺とは違い、マリエの方は頬を引きつらせていた。

俺の顔を見ながら、信じられないと首を横に振っている。

「これが少しお高めですって？」

俺の金銭感覚に文句を言いたいらしい。

注文を決めてメニューを閉じた俺は、マリエから顔を背けた。

「お前と違って、俺は実家が貧乏な男爵家でね」

あの乙女ゲーの世界——女子は男子よりも贅沢な暮らしをしていると思い込んでいた。

しかし、何事にも例外はあるものだ。

「貧乏ですって？　本物の貧乏っていうのはね、安いお店に入ることもできないのよ」

「え？　あ、あぁ」

マリエは俺に対して不満を持ちながらも、メニューを凝視して注文する料理を真剣に選び始める。

おごられるのが申し訳なくて、安い料理を――などと殊勝なことを考えるような相手ではなかった。

「よし！　とりあえず、この一番高いステーキ三つを注文するわ」

マリエは、メニューを閉じると笑顔を見せた。

俺は置いたメニューを再び手に取って、マリエが注文したステーキを確認する。

一番高いステーキは、食べ応え抜群と説明が書かれていた。

一般男性でも食べきるのが難しい量なのに、それをいきなり三つも注文すると言う。

俺はマリエの体を見る。

嫌らしい意味ではなく、女子の中でも小柄。加えて細身のマリエの体で、男性でも食べきれない量のステーキを注文するのが信じられなかったからだ。

「本当に食えるのか？　嫌がらせで注文しているなら、質《たち》が悪すぎるぞ」

食べ物で遊ぶなど質が悪いと注意するが、マリエは腹を鳴らして返事をしてくる。

グルルル、という猛獣のうなり声のような音だった。

「いいからさっさと注文してよ。あ、それから――追加の注文もしていいのよね？　あんたの財布が耐えられるか、一応確認してあげるわ」

支払いの心配をされた俺は、懐から財布を取り出して中身を見る。

紙幣も硬貨もそれなりに持ち歩いているから、まだ大丈夫だろう。

「金の支払いは心配するな。これでも稼いでいるからな」

学園に入学する前に、冒険者として大金を稼いでいる。ルクシオンもいるため、資金面において問題はない。

俺の返事を聞いて、マリエは眉根を寄せて顔を背けた。

「――やっぱり、貧乏なんて嘘じゃない」

◇

料理が運ばれてからのマリエは、本当に凄かった。

「うん、おいしい。野生の獣の肉とは大違いね。焼き加減もいいから、食べやすくて何枚でも食べられそう」

ステーキをナイフとフォークで切り分け、それを口に運ぶ。

絶えず食べ続けており、時々口の中をスッキリさせたいのか飲み物を飲んでいた。

既にステーキを三枚も平らげ、更に追加で料理を注文している。

俺たちのテーブルには、ステーキを載せていた鉄板が何枚も積み上がっている。

店員が新しいステーキを持って来てテーブルに置くと、俺の目の前に厚さ五センチ以上の肉の塊が姿を現した。

鉄板の上で肉が焼ける音を立て、この店自慢のソースがかけられている。

マリエは付け合わせの野菜まで綺麗に食べ尽くすと、空になった鉄板皿を積み上げた。

新しいステーキを引き寄せると、また食べ始める。

実においしそうに――笑顔で幸せを噛みしめるように食事をしていた。

「お、おい、もっとゆっくり食えよ。誰も取らないぞ」

見ているだけでお腹がいっぱいになりそうだ。

マリエは食べる手を止めなかった。

「食べられる時に食べておかないと、次がいつになるかわからないでしょ」

行儀よく食べているのだが、そのペースと量が尋常ではないため、店内の注目を集めている。

マリエは周囲の視線を気にせず、食事を続けていた。

俺は右手で顔を押さえる。

「学食でも好きなだけ食べられるだろうが」

貴族の通う学園は、基本的に学費や生活費はかからない。

普通の暮らしを送るだけなら、学食を利用していればいい。

食費だって支払う必要はない。

ただ、贅沢――他より豪華な食事をしたければ、その分だけは料金を支払うシステムだ。

マリエは眉間に皺を作り、学食について文句を言う。

「学食の量だと全然足りないのよ。三食食べても、すぐにお腹が空くの」

「そうかい」

小さい体でよく食べる奴だと思っていると、マリエを観察していたルクシオンが俺たちの会話に加わってくる。

周囲に姿を隠しながら――少しだけ、自分がいるのを教える程度にうっすらとルクシオンの姿が空中に現れる。

周囲には気付かれていない。

『実に興味深いですね。マリエにも旧人類の特徴を確認しました。転生者というのは、旧人類の特徴を備えるものなのでしょうか？』

旧人類の特徴を持つマリエに、ルクシオンは好感を抱いているように見えた。

普段なら「有象無象はどうでもいい」という態度を取る癖に、マリエに関しては気を遣っている言動が見える。

『料理は十分にあります。マリエ、話の続きをしませんか？』

情報交換が目的だった俺たちは、自分たちの現状を教え合った。

まず、マリエも俺と同じ転生者で――元日本人の女性だった。

年齢は教えてくれなかったが、話している内容から三十代半ばから四十代前半だと思っている。

両親に勘当されて、駄目な男を彼氏にしつつ生活していたそうだ。

その後、彼氏の暴力により命を失い、気付いたら転生していた、と。

そして、マリエも俺と同じだった。

前世の記憶は残っているが、自分の名前は思い出せない。

記憶も曖昧になっており、親しい人間の顔も思い出せない、と。

——というか、マリエの転生理由が不憫すぎて笑えない。

こういう可哀想な話題は、からかえないから困る。

マリエが手を止めると、俺を見ないように視線を下げて話をする。

「どこまで話したっけ？」

「ラーファン子爵家の末娘に転生したところだな」

気が付いたら、あの乙女ゲーの世界に転生していた。

しかも子爵家のお嬢様に！　そこからは幸せな暮らしが待っていたの！　と言ってくれれば、俺も少しは気持ちが楽になっただろうに。

マリエはそこから、転生後の苦労話を何でもないように話す。

「そうだったわね」

マリエは淡々と、転生後にどんな家に生まれたのか聞かせてくる。

少しも幸せを感じられないのか、無表情になっている。

「転生した家が酷い家でさ。本土に領地を持つ子爵家だけど、今は領地も小さくて凄く貧乏なのよ。それなのに、借金を繰り返していてね。家族もプライドだけは高い両親と、屑な兄姉ばかりよ」

本土——ホルファート王国が存在する浮かんだ大陸に領地を持つ、という意味だ。

俺の実家は本土とは別の浮島にある。

どちらが優れているか比べるのは難しいが、本土に領地がある方が上に見られがちだ。

家族の話をするマリエは、最後にぽつりと呟く。

「前世のお兄ちゃんとは大違い」

「お兄ちゃん？　前世にも兄がいたのか。俺にも妹がいたんだけど、こいつが腹立たしい奴でさ。お前の方はうまくやっていた感じ？」

「――あんたには関係ないでしょ」

兄について尋ねると、マリエは話したくないのか口を閉ざしてしまう。

一瞬だけ。本当に一瞬だけ、俺の脳裏に「もしかしてマリエは、俺の前世の妹かも？」という考えがよぎった。

しかし、あり得ないと自嘲する。

兄妹揃ってあの乙女ゲーの世界に転生とか、どんな罰ゲームだろうか？

それに、妹は俺が死んだ時にはまだ生きていたはずだ。

この場にいるのはおかしい。

もしも、妹がこちらに転生していたとしたら、俺よりもっと後のはずだ。

年齢が同じというのはあり得ない――はずだよな？

まぁ、転生の詳細など知らないが、転生してまで妹に出会うなど現実的ではない。

「話を戻すぞ。どうしてユリウス殿下たちを狙った？　オリヴィアさん――主人公が攻略対象たちと結ばれないと、国が滅ぶんだぞ」

あの乙女ゲーを知っているならば、当然の知識のはずだ。

それなのに、マリエはオリヴィアさんたちの関係を無茶苦茶にしようしていた。

一歩間違えれば大変なことになっていたと言うと、マリエがどこか得意気な表情をする。

「生憎《あいにく》だけど、そんなの私には関係ないの。回復魔法が使えるのは、あの女だけじゃないのよ。私にだって、聖女になれる資格があるわ」

「聖女の資格？　お前、何を言って――」

マリエが手に持ったナイフとフォークを強く握りしめる。

「十年間、血の滲むような努力をしてきたわ。私にも回復魔法の才能があったから、頑張って習得したのよ。――聖女のアイテムが反応するのは、一定レベルに達した回復魔法の使い手よね？」

聖女のアイテムとは、あの乙女ゲーに登場するキーアイテムだ。

重要なアイテムなのだが、同時に所持すると主人公の能力を大幅に強化してくれる。

その時の装備条件が、回復魔法の習得レベルを一定まで上げておくことだった。

マリエは、それを覚えていたらしい。

「私が聖女になれば、何の問題もないわ。あいつに成り代わって、私はこの世界の主人公になってやるの」

静かに、力強く宣言するマリエを見ていると考えさせられてしまう。

同じようにこの世界に転生した俺とマリエだったが、その考えはまるで違った。

モブのままでいたい俺と、主人公に成り代わろうとするマリエ。

マリエの身勝手な行動は腹立たしいが、そのための努力は素直に褒めたい。

ゲーム通りの習得レベルに達しているならば、学園入学前に相当な苦労をしたはずだ。

マリエを応援してやりたくなってきた。

だが——現実を教えてやらなければならない。

それがマリエにとって、残酷だろうとも知る必要がある。

「違う」

「は？　何が違うのよ？」

「お前、本当にあの乙女ゲーをクリアしたのか？　本当に必要なのは、聖女の力じゃなくてオリヴィアさん自身の力だ」

「——何よそれ」

唖然とするマリエに、俺は終盤のストーリーを大まかに説明してやる。

「聖女に認められたオリヴィアさんが、秘めた力を目覚めさせる。聖女を超えて、更に強力な主人公になるわけだ」

序盤から終盤まで苦労させられるゲームだったが、最後の方のオリヴィアさんはチートと呼んでもいい能力だった。

ラスボスを自らの力で退《しりぞ》けて、ホルファート王国に平和を取り戻していた。

その辺りの事情は、テキストの会話で説明があったはずだ。

「聖女の力でもラスボスには勝てなかった。その後にイベントを幾つか挟んでから覚醒する。最後はオリヴィアさんの力を頼りに最終決戦を挑んで勝利——それがあの乙女ゲーの流れだったよな？」

マリエを見据えて表情を窺《うかが》うと、視線をさまよわせていた。

血の気が引いて、焦った顔をしている。

「嘘。だって、イベントの画像と動画にはそんなのなかった」

「いや、ストーリー中に説明があっただろ？　会話のテキストとか、流れ的にもそんな感じだったし」

クリアしていれば、当然知っているべき出来事だった。

「し、知らない。私は――あの乙女ゲーを自分でクリアしてないの」

項垂《うなだ》れて手を震わせるマリエは、自分が大きな勘違いをしていたことに今になって気付いたらしい。

「クリアしてない？」

「難しくて途中で投げたのよ。でも、ラストは気になったからイベントを後で鑑賞しただけなのよ」

目に涙をためたマリエが、今にも泣き出しそうだ。

――俺も泣きたい気分だよ。

半端な知識で、ストーリーを滅茶苦茶にされるところだった。

「確かに難しかったからな。俺も課金してクリアしたしよ」

難しかったと言うと、それに共感するマリエが身を乗り出してくる。

「でしょう！　普通にクリアなんて無理よ。私が知らなくても仕方なくない？」

「そんなお前に余計なことをされた俺は、今は複雑な気分だよ」

まさか、マリエがあの乙女ゲーをクリアしていなかったとは知らなかった。

情報を共有していて正解だったというか、していなかったら恐ろしいことになった気がする。

――なったかな？　多分、なるよな？

妙に納得できない気持ちでいると、店員が俺たちのテーブルに近付いてきたことをルクシオンが知らせてくる。

『マリエ、追加の料理が来ましたよ』

店員が持ってきたのは、マリエが追加注文した最後のステーキだ。

泣き出しそうな顔で、マリエがステーキを食べ始める。

その姿を俺とルクシオンがマジマジと見ていると、本人は恥ずかしいのか言い訳をする。

先程よりも、多少は心を開いてくれたようだ。

「い、いっぱい食べられるのは久しぶりなのよ。学食は物足りないし、実家だと満足に食べられなかったわ。味気ないスープだけの日だってあったんだから」

こいつは前世で大きな罪でも犯したのか？　境遇が酷すぎて泣けてくる。

「酷い話だな」

同情すると、マリエが先程よりも気安い態度で言う。

「あんた、自分が恵まれているって自覚した方がいいわよ。辺境の貧乏男爵家でも、家族に恵まれて食事に困らなかったのよね？　私からすれば羨ましいわ」

「お前に言われると否定できないな」

実家の奥様――親父の正妻である【ゾラ】に、五十代の女性と結婚させられそうになった。

それは今でも不幸だと思っているが、世の中には上には上がいるものだ。

側室の子ということで、ゾラには嫌われていた。

だが、ゾラは普段から王都で贅沢な暮らしをしており、実家にあまり顔を出さなかった。

親父と――側室のお袋。その子供たちの家族で平和に暮らせた時間の方が長い。

まぁ、貧乏ではあったが、マリエほど苦労もしていない。

「私なんか、凄く苦労してきたんだから。食べるのにも苦労して、危ない森にだって何度も入ったんだから」

「そ、それは凄いな」

「おかげで体は小さいままだしさ。前世はもっと魅力的だったのに」

自分の体が小さいことをマリエは気にしているようだ。

マリエを観察していたルクシオンが、その結果を報告してくる。

それがマリエに追い打ちをかける。

『マリエの話から推測するに、過度な回復魔法の練習が原因ではないでしょうか？　本来ならば、その肉体はもっと成長していてもおかしくありません。粗食だったとしても、体はもっと女性らしく成長したはずです』

すると、マリエが食べる手を止めた。

「――え、嘘よね？」

ルクシオンが、更に詳しい説明を行う。

『可能性の高い話ですよ。成長期に無理をしすぎた結果ですね。肉体的な成長は止まっていますが、回復魔法はスペシャリストになれるだけの技量を得ています。かなりの無理をされたのでしょうね。マスターも少しは見習ったらどうですか？』

マリエを労《ねぎら》いつつ、俺を下げてくる人工知能がいる。

「俺は人生を効率的に生きて楽しみたいの。無駄な努力はしない主義だ」

『流石《さすが》はマスターです。マリエの爪の垢を煎じて飲んだらどうですか？』

「断る。というか、マリエは頑張りすぎだろ」

ゲーム風に説明するなら、ゲーム序盤に回復魔法の習得レベルが終盤でも通用するレベルまで成長している状態だ。

素直に称賛するが、真似ようとは思わない。

マリエは、持っていたナイフとフォークを落として唖然としていた。

プルプルと体を震わせている。

「え？　え!?　も、もしかして、私がこんな子供みたいな体なのって」

『努力の結果です。誇ってよろしいですよ。それから、女性的な機能に問題はありません。ただ、これ以上は成長しないだけです』

つまり――マリエは年齢よりも幼い体形のまま。今後の成長も望めないらしい。

その後、マリエは泣きながらステーキをやけ食いしていた。

# 第05話「努力の結果」

「こんなのってないわよ」

学園に戻る俺とマリエは、街の大通りを歩いていた。

賑わう王都の光景は、田舎と違って眩《まぶ》しい。

魔石をエネルギー資源として電気を生み出しており、夜だというのに王都は明るく照らされている。

大通りに並ぶ店が開いており、客の相手をしていた。

お店の皆さんにご苦労さんと思いながら、俺はマリエを慰める。

「泣きたい気持ちは理解するけど、いい加減に気持ちを切り替えろよ。俺たちモブには、モブの生き方があるんだって」

俺なりに慰めるが、マリエは納得しなかった。

立ち止まって俺の提案を蹴る。

「――そんなの嫌よ。せっかく手に入れたチャンスなのよ。第二の人生くらい、幸せに生きたっていいじゃない」

マリエは自分の幸せに強いこだわりを持っているようだ。

前世も今世も、不幸続きでは仕方がないだろう。

俺も立ち止まって振り返る。

「人間、上ばかり見ても仕方が――」

上ばかり見ても仕方がない。人生には妥協も必要だ。

そんな言葉が続かなかった理由は、マリエが俺ではなく店の中を見ていたからだ。

ルクシオンが俺に近付いてくる。

『女性の衣服を取り扱う店ですね』

「見ればわかるよ」

マリエが見ている先には、ショーウィンドウに飾られたドレスだった。

靴やら小物もセットで飾られており、その前を通る女性たちが足を止めて見ている。

通り過ぎても、横目で見ている女性も多い。

俺はマリエに近付いて、同じ方向を見る。

「ドレスか。そういえば、長期休暇前に学年別でパーティーが開かれるんだっけ？　お貴族様の学校ってやつは、やることが何もかも派手だよな」

ヘラヘラ笑って言ってやるが、マリエの方は気の抜けた返事をする。

「――そうね」

ドレスを見るマリエの顔つきに表れているのは、憧れというよりも諦めだろうか？

悲しそうにドレスを見ていた。

マリエが呟く。

「一度で良いから、こんなドレスを着てパーティーに出たいな」

◇

その頃。

王都にある酒場の一つに、ステファニーたちのグループが訪れていた。

店内は容姿の整った男性たちが楽器を奏でており、給仕をするのも美形の男性たちだ。

女性向けに用意された酒場である。

ステファニーたちの他にも、学園の門限を破って騒いでいる女子たちが沢山いた。

学園を卒業した女性たちも来ている。

個室を利用しているステファニーたちは、給仕をする亜人種の男性たちを侍らせながら話をしていた。

「カーラ、ちゃんとマリエについて調べてくれたのよね？」

果物に手を伸ばして口に放り込むステファニーに尋ねられ、カーラは背筋を伸ばして答える。

「調べては来ましたけど、本当に何も出てきませんでした」

「あん？」

取り巻きのふがいなさに機嫌を損ねるステファニーだったが、カーラが慌てて詳細を報告する。

「調べても何もないんです。大きな派閥に所属していませんし、実家のラーファン子爵家は借金を重ねているような家です。過去に領土争いで負けてからは、更に苦しい状況ということくらいしか出てきませんでした」

あまりに酷い内容に、流石のステファニーも頬を引きつらせる。

カーラが資料を差し出してくると、受け取ったステファニーは目を見開いた。

「何それ？　どうして取り潰されないのよ？　てか、周りの領主貴族たちも、なんで領土を奪わないの？　軍備なんてほとんどないじゃない」

貴族としての体面を保っているだけで、その責務を果たせていなかった。

王国からすれば、取り潰しの対象となる家だろう。

周囲の取り巻きたちも困惑している。

カーラは、どうしようもなく残念な事情を話す。

「残った土地にあまりうまみがなく、吸収しても借金が増えるのが嫌みたいです。王国も、下手に潰したら面倒が増えると思っているようでして」

糞面倒くさい領地を誰も奪いたくないので、放置されていた。

全員が何とも言えない顔をすると、ステファニーが大きなため息を吐いた。

「もういいわ。あいつに厄介な繋がりがないって知れただけでも大収穫よ。これで、心置きなく叩き潰せるものね」

ステファニーは衝動的な行動が目立つ女子だったが、喧嘩を売る相手は選んでいた。

何も知らずに喧嘩を売った相手が格上でした——などということがあれば、自分の立場が危うくなる。

だから、最低限相手の情報を得てから喧嘩を売るようにしていた。

ステファニーは口角を上げる。

「あの三人を連れてきてよ」

命令されたカーラが、個室の外で待機していた三人の女子たちを連れてくる。

オフリー家の悪口を言っていた女子たちだ。

今は怯えきった顔をしており、ステファニーに何を命令されるのかを心配して震えていた。

ステファニーが脚を組み替える。

「あんたらにお願いがあるのよ」

「な、何でしょうか？」

震える女子たちは、心が折られているのかステファニーに逆らおうとしない。

その様子を見てステファニーと取り巻きたちは、嫌な顔をして笑っていた。

自分たちを見下していた女子たちが、今は怯えきっている姿に喜びを感じていた。

そんな様子を見ていられなかったカーラは、黙って視線を逸らしている。

ステファニーは、そんなカーラに不満を持っていた。

カーラは自分たちと気質が違っており、それが気に入らない。

嘘でも笑えばいいのに、やらせても笑顔が引きつっている。

(気に入らないわね。でも、周りの連中の中では一番使える奴だし、我慢するしかないわね)

カーラのことは保留とし、ステファニーは三人の女子を見る。

友達にお願いをするような感じで、彼女たちと話す。

「マリエ・フォウ・ラーファンっているじゃない？　あの子さ、王子様たちに近付いているみたいなのよね～」

女子たちが顔を見合わせ、一人がおずおずと問う。

「釘を刺せってことでしょうか？」

ステファニーが笑顔を作る。

「注意だけで済ませるとか優しいのね」

その後すぐに、笑顔を消して真顔になった。

急な表情の変化に、女子たちは怖くて仕方がないのか脚が震えている。

三人の女子たちに、今度はステファニーが命令する。

「マリエって女を徹底的に潰してやるから、私の指示通りに動きなさい。そうしないと、あんたらも実家も大変なことになるわよ」

それを聞いて、三人の女子たちの顔から血の気が引いた。

三人の女子が何度も大きく頷くのを見てから、ステファニーが笑う。

「私に逆らうとどうなるか、一人くらい見せしめにしてやりたかったのよ。丁度いいから、この女は徹底的に追い込むわ」

ステファニーがテーブルに置かれたフォークを手に取ると、振り上げてマリエの調査報告書に向かって振り下ろした。

フォークが机に突き刺さる。

「私を馬鹿にする奴らは、みんな死んじゃえよ」

◇

「私は幸せを諦めない」

全寮制の学園には、当然ながら生徒向けの食堂が用意されている。

しかし、学生食堂と侮るなかれ。

貴族の学び舎である学園の食堂ともなれば、どこの高級ホテルだと言いたくなるようなきらびやかな場所である。

昼食時には生徒たちが、友人や恋人たちとテーブルを囲んで食事をする。

少々騒がしい学生食堂で、俺とマリエは同じテーブルを囲んでいた。

今日の昼食に用意されたのは魚料理だ。

ナイフとフォークで魚を切り分けながら食べている俺は、ぽつりと呟く。

「せっかくの焼き魚は、白いご飯と食べたいな」

しみじみと前世の食事を思い出していると、マリエがテーブルを拳で叩いた。

「話を聞きなさいよ！　私は自分の幸せを諦めたりしないの」

俺は小さくため息を吐くと、マリエを諭《さと》すため話に乗る。

「昨日の話をもう忘れたのか？　オリヴィアさんと攻略対象の男子たちが結ばれないと、この国が終わるって教えたよな？」

「もちろん覚えているわよ」

昨日の話を聞いて、マリエは自分なりに考えたようだ。

「でも、五人もいるなら一人くらい私がもらってもいいわよね？」

オリヴィアさんのおこぼれをもらう。——確かにこれなら、国が滅ぶこともない。

だが、こいつはそれでいいのだろうか？

「お前はそれでいいの？　女子なら好きな相手と結婚したいんじゃないの？」

おこぼれ狙いのマリエは、視線を下げると綺麗に食べ終えた魚を見る。

骨が綺麗に残されたお皿を見ながら、マリエは前世の失敗を語る。

「——昔から、選んだ男はみんな駄目な奴ばかりだったからね」

俺は小さくため息を吐くと、話を変えるためマリエをからかう。

「攻略対象の美形たちは好みじゃないのか？」

「もちろん好きよ。けど、大事なのは外見じゃなくて甲斐性よ」

「それはそれでどうなんだよ？」

苦労したからこその考えなのだろうか？

マリエは俺を睨んでくる。

「これが私の精一杯の譲歩よ。それでも邪魔をするって言うなら――」

俺を許さない、と。

マリエと敵対しても怖くないが、面倒ごとは嫌いなので認めることにする。

というか、俺の許可などいらないだろうに。

「邪魔なんてするかよ。この国が滅びないなら、オリヴィアさんが誰と結ばれようが俺には関係ないからな」

五人の内、誰か一人と結ばれればいい。

残り四人がどうなろうと、俺には関係のない話だ。

達観している俺に対して、マリエはどこか不満そうにしていた。

「何か偉そうで腹が立つ」

「――何を言っても怒るじゃないか」

邪魔しないと言ったのに、マリエは俺に少しばかり腹を立てていた。

そんな理不尽な性格が、前世の妹によく似ている。

すると、マリエは一度深呼吸をしてから態度を豹変させた。

笑顔になると、猫なで声で俺に頼み込んでくる。

「それで、あんたにも手伝って欲しいの」

「は？」

「あんたには、課金アイテムのルクシオンがあるでしょ？　だから、私のおこぼれ作戦に協力してもらうわよ」

——おこぼれ作戦？　ネーミングセンスに色々と言ってやりたいが、一周回って面白さを感じてしまう。

「お前、さっきまでの態度はどうした？」

「いつまでも暗いと、人生まで暗くなるのよ。空元気だろうと盛り上げていくのが、私の人生を生きる秘訣よ」

その秘訣、彼氏に暴力を振るわれて死んだから失敗してない？

そう思ったが、流石にこれを言う勇気はないので心にとどめておく。

「めげない奴」

「粘り強さが自慢なの」

「というか、男を攻略する手伝いとか嫌だよ」

俺が拒否をすると、マリエが首をかしげている。

「あんた、それならなんで、あの乙女ゲーをプレイしていたのよ？　全コンプするくらいやり込んだのに、嫌いって何？」

「やむにやまれぬ事情ってやつだよ」

妹に脅されてクリアしたとか、恥ずかしくて言いたくない。

◇

昼食後。

次の授業が行われる教室へと向かっていると、後ろから駆け寄ってきた男子の一人が俺の肩に腕をかけてくる。

「リオン、どういうことだ？　女子と知り合ったらお互いに報告すると約束したよな？」

背が高く、小麦色の肌をした短髪の男子は【ダニエル・フォウ・ダーランド】だ。

そして、ダニエルに続いて現れるのは、眼鏡をかけた小柄な男子だ。

サラサラした髪を肩に触れない程度の位置まで伸ばしている【レイモンド・フォウ・アーキン】が、少しばかり苛立っている。

「同じ貧乏男爵家のグループなのに、抜け駆けとか狡《ずる》いよね」

どうやら、二人は俺がマリエと食事をしているところを見たらしい。

それで付き合っていると思い込んだのだろう。

馬鹿馬鹿しい、と俺は二人の誤解を解く。

「婚活に関わる話じゃないし、お前たちが思うような関係でもないぞ」

俺の話を聞いても半信半疑な二人は、互いに顔を見合わせてから尋ねてくる。

「本当か？　入学して早々に二人きりで食事とか、随分と仲が良さそうに見えたけどな？　なぁ、レイモンド？」

「あぁ、しかも距離感が近すぎたよ。小さなテーブルを二人で囲んでいたよね？　小柄でとても可愛らしい感じの子とさ。本当にリオンが羨ましいよ」

あの乙女ゲーの世界――学園の男子というのは、婚活に苦しめられている。

少しでも早く婚活地獄から抜け出したい、という思いが強いわけだ。

そうなると、抜け駆けするような奴は、当然ながら仲間内から妬まれる。

俺は右手で額を押さえた。

「これが恋人なら、今頃はお前らに自慢しまくっていたよ」

レイモンドが頬を引きつらせる。

「リオンは本当にいい性格をしているよ。ということは、本当に付き合っていないの？」

「ないね。そもそもあいつ――マリエの狙いは俺じゃないし」

マリエが狙っているのは、攻略対象の貴公子たちだ。

俺など眼中にないだろう。

だが、俺がマリエの名前を出すと、ダニエルとレイモンドの様子が変わった。

「マリエ？　もしかして、ラーファン家の？」

「どうしてリオンがマリエさんと？」

二人が困惑しているので、今度は俺が尋ねる。

「マリエに何かあるのか？」

二人が俺を前に、何と説明しようか悩んでいた。

考え込む二人だったが、ダニエルは小難しいことを考えるのは苦手な性格なので端的に教えてくれる。

「あの子、女子の間で評判が悪いんだよ。最悪って言ってもいい」

「――マリエが？」

今度はレイモンドが詳しい話を教えてくれる。

「入学早々に殿下たちに近付いたって話が出回ってね。身の程知らず、って女子の間で不満がたまっているみたい。僕たちも噂でしか聞いていないから、詳しい話は知らないけど」

ユリウス殿下を筆頭に、貴公子たちに近付けば悪目立ちもするだろう。

周囲がどのように思うかなど、少し考えれば気付けたはずだ。

――あいつをこのまま放置してもいいものだろうか？

◇

放課後の中庭。

マリエは一人の男子と話をしていた。

普段はユリウスの側にいる彼の名前は【ジルク・フィア・マーモリア】。

子爵家の嫡男であるのだが、宮廷貴族であるためミドルネームは「フィア」となっている。

緑色の瞳と長い髪。表情は常に優しく、物腰柔らかい人物だ。

他の攻略対象と比べると爵位は低いが、彼はユリウスの乳兄弟――幼少より共に育った兄弟のような関係だ。

ユリウスが王になれば、当然のように彼も側近の一人として国政に関わる。

未来の重鎮――将来を約束された立場である。

そんな彼を前にして、マリエは瞳を輝かせて話していた。

「ジルク様、今日はユリウス殿下とご一緒ではないのですね？」

「ええ、殿下に一人になりたいと言われましてね」

微笑みながら事情を教えてくれるが、詳しいことは何も言わない。

マリエはジルクとの関係を深めるために、何としても一緒に遊びに行こうと考えていた。

「それでしたら、これから私と一緒に街へ出かけませんか？　珍しい品を出すお店を発見したんです。骨董品を取り扱っているお店で――」

そこまで言うと、ジルクも気付いたらしい。

「それはもしや、南側の入り組んだ場所にあるお店ですか？」

「は、はい。ご存じでしたか？」

(嘘でしょ!?　絶対に見つけていないと思ったのに！)

あの乙女ゲーのイベントで発見するお店で、ジルクとはその店に通えば好感度を稼げるとマリエは知っていた。

だが、既にジルクが知っているため、案内する必要がなくなる。

「以前にオリヴィアさんと出かけた際に見つけましてね。あそこは良い店でした。私も頻繁に通っていましてね。昨日も様子を見に行ったんです」

わざわざ、言わなくてもいいのに昨日も行ったという台詞が、マリエにはジルクの拒絶に感じられた。

「そ、それならさすがに今日は無理ですかね？」

「そうですね。品揃えは一日で大きく変わらないでしょうから」

今は行くつもりがない、と遠回しに言われてしまう。

「――それなら、また次の機会にでも」

「はい、次の機会があれば是非」

マリエが引き下がると、ジルクも社交辞令を述べて立ち去っていく。

マリエは手を握りしめて俯く。

「――何が次の機会があれば、よ。そんな機会、滅多に巡ってこないじゃない。てか、なんでオリヴィアはジルクにも手を出しているのよ」

マリエには、オリヴィアがジルクとのイベントも順調に消化しているように感じられた。

一人で立ち尽くしていると、マリエの側に三人の女子たちがやって来る。

「あんた、ちょっと面を貸しなよ」

◇

三人の女子に校舎裏に連れて行かれたマリエは、壁を背に立っていた。

囲まれて逃げられないようにされたところで、リーダー格の女子がマリエにゴミを見るような目を向けてくる。

「あんた、立場とか理解していないわけ？」

「は？　何が言いたいのよ」

三人に囲まれるマリエだが、強気な態度を崩さない。

それが三人には苛立たしかったのか、リーダー格の女子が胸倉を掴み上げる。

「貧乏子爵家の娘が、気安く王子様たちに近付くなって言っているのよ。あんた、自分にもチャンスがあるとか勘違いしてない？　あんたにチャンスなんてないから」

チャンスがないと言われたマリエは、胸倉を掴む女子を睨み付ける。

「――あんたがどう思おうと勝手だけど、私の邪魔をしないで」

マリエがリーダー格の女子の手を振り払う。

すると、リーダー格の女子はカッとなって手が出てしまう。

「舐めた真似するんじゃないわよ！」

マリエの頬を平手打ちしたのだが、次の瞬間にはマリエが握り拳を作っていた。

リーダー格の女子の顔面に向かって拳を叩き込もうとするが、校舎裏に誰かが来たため三人の女子たちが逃げていく。

「タイミングが悪いわね。あんた、明日から覚悟しなさい」

三人の女子が去って行くと、マリエは叩かれた頬に手を当てて振り返る。

そこに立っていたのはリオンだ。

「校舎裏に呼び出すとか、まるで不良漫画みたいだ」

若干頬を引きつらせているのは、先程の三人の行動に引いているからだろう。

「何しに来たのよ？」

機嫌が悪い態度を取っているマリエに、リオンは肩をすくめてから話をする。

「お前のおこぼれ作戦だけど、もう止めた方がいい。女子の間で、お前の悪評が広がっているぞ」

マリエはそれを聞いても、どこ吹く風だ。

「お生憎様。私は止めるつもりはないわ」

「——幸せになりたい、だっけ？　別に攻略対象の男子たちと付き合わなくても、幸せくらい手に入るだろ？　心の持ちようだって」

リオンの言っていることも理解するマリエだが、納得できずにいた。

「知った風なことを言わないでくれる？　あの五人の内、一人で良いから付き合えれば、何もかもが手に入るのよ」

これが知らない世界であれば、近くで幸せを見つけただろう。

だが、マリエは知ってしまっている。

この世界が〝あの乙女ゲーの世界〟であり、最高の男性たちがいることを。

だからこそ、余計に諦めがつかない。

リオンは小さくため息を吐いていた。

「貴公子の連中には婚約者がいる。主人公のオリヴィアさんでもない限り、そこに割って入れば大問題だ。マリエ——お前は主人公じゃないんだよ」

リオンに言われた瞬間、マリエは頭に血が上った。

気が付いたら、リオンに怒鳴っていた。

「モブでいいって諦めたあんたに、私の何が理解できるのよ！　不幸だとか、貧乏だとか言うだけで、あんたは私よりずっと幸せじゃない！　何もかも手に入れている癖に、私に偉そうに指図するんじゃないわよ！」

怒鳴られたリオンが目を見開き驚いている姿を見て、マリエはすぐに思った。

（——言い過ぎた。あ、謝らないと。だ、だけど）

これが知り合いや友人ならすぐに謝れたのかも知れないが、マリエはリオンに複雑な感情を抱いていた。

同じ転生者で、自分よりもあの乙女ゲーに詳しい男。

チートアイテムを手に入れて、自由気ままに生きている男。

自分よりも幸せな家庭で育った男。

——どこか兄のような雰囲気を持っている許せない男。

マリエは素直に謝ることが出来ずに、リオンに背中を向けると逃げ出してしまう。

(兄貴でもない癖に、偉そうに説教してくるんじゃないわよ！)

# 第06話「貴族の報復」

あの日から、マリエには避けられている。

ルクシオンと一緒に校舎の廊下を歩いていると、窓の外にマリエを発見する。

「あいつ、あんなところで何をしているんだ？」

ルクシオンのカメラアイが、窓の外にいるマリエの様子を捉えて詳細を報告してくる。

『マリエの所有物が、水たまりに捨てられていたようですね』

「――昨日の夜は雨だったな」

マリエの教科書やらノートが、水たまりに捨てられていた。

俺の助言を無視――いや、無視しなくても、ユリウス殿下たちにアプローチをしていたマリエには、遠からずこのようないじめが起きただろう。

マリエは教科書やノートを拾うと、状態を確認している。

声をかけてやりたいが、今のマリエは俺が近付くだけでも嫌がって逃げてしまう。

どうしたものかと思案していると、ルクシオンが過激な提案をしてくる。

『犯人を特定しましょう。マスター、許可を下さい』

「特定してどうなる？　いじめはなくならないぞ」

犯人を見つけたところで、今のマリエは女子の大半を敵に回している状態だ。

一人や二人のいじめを止めたところで、代わりにその他が手を出してくる。

『見せしめの意味合いを込めて報復します。身の危険を感じれば、マリエに対しての馬鹿な真似は控えるでしょう』

淡々と凄いことを言ってくる相棒に、俺は即座に拒否する。

「駄目に決まっているだろうが」

『効果的だと思いますが？』

「根本的な解決になっていないだろ」

俺は窓の外で私物を拾い集め終わり、どこかへと向かっていくマリエを見送った。

——随分と陰湿ないじめを受けているが、マリエは大丈夫だろうか？

「何とかしてやりたいんだけどな」

俺が近付けば、マリエは逃げてしまう。

そして、今のマリエを助けるには覚悟がいる。

嫌われ者を助けるなんて美談だが、実際に実行すれば俺まで標的になる。

同じ転生者だが、マリエに対してそこまでする関係でもない。

裏から手を回して助けてやるにしても、女子の問題に安易に口出しをすると面倒になる。

——俺には俺の人生がある。

身勝手な振る舞いで学園内の暗黙のルールを破り、嫌われ者になったのはマリエの責任だ。

わざわざ、俺が身を削って助けてやる必要性はない。

「あの馬鹿、さっさと諦めて平凡な幸せを手に入れればいいんだよ」

『私としては、マスターとマリエが結ばれるのを望みます』

「は？」

ルクシオンの方を見ると、カメラアイを俺の方に向けてくる。

『マスターとマリエが交配すれば、より旧人類に近い存在が生まれる可能性があります。私にとっては優先したい案件です』

「何で俺とマリエが一緒にならないといけないの？」

俺が嫌そうな顔をすると、ルクシオンが表情を読み取って残念そうにする。

『やはり、両者の遺伝子を採取するしかありませんね。私としては、結婚という形で結ばれるのが最善だったのですが』

「止めろよ。本当に止めろよ！」

知らない内に子供ができていた、なんて展開は絶対に嫌だ。

ルクシオンが俺に尋ねてくる。

『マリエと結ばれないのは、マスターの好みから外れているからですか？』

何とかして結婚させようとしてくるルクシオンに呆れながら、俺はマリエと結婚する気が起きない理由を話す。

「それもあるけどさ。あいつを見ていると、前世の妹を思い出すんだよ」

『――マリエが前世の妹であると？』

それはないと断言できるが、似ているというだけで論外だ。

「あり得ない。だけど、気持ちの問題で駄目だな」

話を強引に終えた俺は、そのままルクシオンから逃げるように離れていく。

ルクシオンが俺を追いかけてくると、俺の右肩付近に来たところで姿を消してしまった。

前の方から、取り巻きを引き連れた女子がやって来る。

遠目から見ても気品を感じられるその人物は、艶のある金髪を編み込んで頭の後ろでまとめていた。

肌はシミ一つなく、滑らかで光に照らされると輝いているように感じられる。

印象的な赤い瞳を持つ目は、やや険しくつり上がっていた。

俺が廊下の隅に移動して道を空けると、その女子【アンジェリカ・ラファ・レッドグレイブ】が見向きもせず通り過ぎる。

アンジェリカさんが取り巻きを連れて通り過ぎた後、立ち止まって振り返った。

ルクシオンが姿を現す。

『彼女は、マスターの言っていた悪役令嬢ですね』

「ゲームで見るより迫力があるな。あんな人と争うことになるとか、オリヴィアさんも大変だ」

他人事《ひとごと》なのでヘラヘラしていると、ルクシオンが疑問を持つ。

『――オフリー家のステファニーとは取り巻きの数が違いますね。加えて、亜人種の奴隷を連れていません』

「言われるとそうだな。でも、連れ歩いていない女子は多いぞ。伯爵家以上だとまず見かけないしさ」

『ステファニーの実家も伯爵家ですが？』

「あいつは例外だろ」

連れ歩かずに、家で囲っているのだろうか？

まぁ、アンジェリカさんはユリウス殿下の婚約者――次期王妃になる人物だから、そんな人が亜人種の専属使用人を何人も連れ歩くのは外聞が悪いだろう。

「オリヴィアさんがいなければ、将来は王妃様になっていた人だからな。専属使用人を連れ歩けないんだろ」

『――何とも歪《いびつ》な女尊男卑ですね。私としては、何か裏があると思えてなりません』

「あのフワッとした設定の乙女ゲーの世界だぞ。考えるだけ無駄だよ」

そう、考えるだけ無駄なのだ。

それなのに、どうしていじめとか暗黙のルールとかに五月蠅いのだろうか？

◇

リオンとすれ違ったアンジェリカは、立ち止まって振り返ると取り巻きの一人に声をかける。

「さっきの男子が噂のバルトファルトだな」

そう言うと、取り巻きの女子が小さく頷く。

「はい」

取り巻きをしている女子たちも、アンジェリカと同じく一年生の女子たちだ。

彼女たちの実家はレッドグレイブ公爵家と繋がりが強い。そのため、実家に言われてアンジェリカの側で家臣のように付き従っている。

学園では珍しくもない光景だった。

アンジェリカは、リオンを間近で見た感想を述べる。

その内容は、好意的なものではなかった。

「大冒険の末に莫大な財を得たと聞いたが、思っていたよりも本人に覇気がない。大事を成した男の顔をしていなかったな」

伝え聞く限り、かなりの偉業を成し遂げた冒険者である。

ホルファート王国では、もてはやされて然るべき人物だ。

だが、アンジェリカを含め、取り巻きの女子たちからも評判が悪い。

「ふぬけた顔をしていましたね」

「噂が本当なのか疑わしいですわ」

「運が良かったのでしょう。それも冒険者の資質ではありますが、それだけというのは魅力に欠けますね」

言いたい放題の取り巻きたちに、アンジェリカは小さくため息を吐く。

## 賢者の弟子を名乗る賢者 ⑱

小説／りゅうせんひろつぐ　イラスト／藤ちょこ

**ミラ様、**
**遊女となって色街へ潜入!?**

犯罪組織『イラ・ムエルテ』壊滅への道筋がたった。本拠地へと繋がるであろう幹部、ユーグストの尻尾を掴んだのだ。さっそくヤツを捕縛すべく、ミラは彼がいるとされる街『ミディトリア』へと向かった。ユーグストはその歓楽街を根城としているらしい。そこでミラは遊女に変装し、彼が夜のお遊びをするホテルの一室に潜入するのだが……。

B6判／定価:1,320円（本体1,200円＋税10%）

## 出遅れテイマーのその日暮らし ⑩

小説／棚架ユウ　イラスト／Nardack

**海賊船で大冒険！**
**夏イベントはまだまだ終わらない！**

夏のイベントも後半戦。沈没船の噂を聞いたユート達は島の北側を目指していた。たどり着いた漁村では強力なスケルトン達が待ち受けており、ユート達は苦戦を強いられる。そんなとき、ゾンビの副船長という名前のモンスターを倒すと幽霊が現れて……。

B6判／定価:1,320円（本体1,200円＋税10%）

GC NOVELS GOT A CHANCE
最新情報
https://gcnovels.jp/
2023
January
1
ミレーヌとリオンが全面対決!?
ラーシェル神聖王国の魔の手が王国に迫る
乙女ゲー世界はモブに厳しい世界です 11
THE WORLD OF OTOME GAMES IS A TOUGH FOR MOBS.
三嶋与夢
イラスト／孟達
ラーシェル神聖王国が周辺諸国と手を組みホルファート王国を包囲した。武力を背景にラーシェルが提示する和平の条件。それはリオンの持つ全てのロストアイテムを他国へ割譲せよというもの。王国の窮地に王妃ミレーヌが一計を案じる。ラーシェルとの前線にリオンを配置しラーシェルを抑え込み、その間に他国との交渉を進めるというのだ。しかしそれは、彼女らしからぬ杜撰な戦略。複雑な思いを抱えながらも、リオンは前線――フレーザー侯爵領に赴くのだった。
好評発売中!!
B6判／定価:1,320円(本体1,200円+税10%)

「運だろうと何だろうと、結果を出したのは事実だ。五月からは男子が主催する茶会も始まる。ユリウス殿下の茶会が開かれた際には招待したい」

アンジェリカがそう言うと、取り巻きの女子たちが頭を下げて承知する。

「開催日が決まり次第、招待状を手配いたします」

「任せる」

そう言ってアンジェリカが歩き出すと、取り巻きたちもついていく。

そんな彼女たちが進む方向から、一人の女子がやって来る。

アンジェリカの眉尻がピクリと反応し、取り巻きの女子たちも眉間に皺を作る。

両手に分厚い本を抱きかかえた女子は、アンジェリカのグループに気が付くと慌てて道を譲った。

視線を合わさないようにして、身を縮こませている。

その振る舞いが、取り巻きの女子たちには不評だった。

「アンジェリカ様、特待生です」

「見ればわかる」

平坦な口調で返事をするアンジェリカは、本を抱きしめた女子――オリヴィアの近くに来ると足を止めた。

そのまま視線だけをオリヴィアに向けた。

「殿下と親しくしているそうだな」

「は、はい?」

顔を上げてアンジェリカを見るオリヴィアの表情は、緊張して強張《こわば》っていた。急にユリウスの話題を出されて、どう返事をすればいいのか悩んでいるようにも見える。

だが、アンジェリカには関係ない。

「お前のために一つ忠告をしてやる。殿下とお前では身分が違う」

「そんなつもりは――」

言い訳をしようとするオリヴィアだったが、言葉が出て来なかったのかそのまま口を閉じてしまった。

アンジェリカは、オリヴィアから視線を逸らす。

「忠告はした」

そう言って歩き出すと、オリヴィアから離れたところで取り巻きたちがアンジェリカの態度を遠回しに責めてくる。

「アンジェリカ様、よろしかったのですか？　あの女は、身の程知らずにも殿下に近付いたのですよ」

アンジェリカは、ため息を吐きたいのを我慢する。

「次はないと忠告した」

「ユリウス殿下だけでなく、他の方々とも親しくしています。身の程を教えてやるべきではありませんか？」

食い下がってくる取り巻きの女子たち。

彼女たちの不満を感じ取っているアンジェリカは、強い口調で制す。

「次に見かければ、相応の扱いをするだけだ」

(想像以上に、特待生に対する不満は大きいな。私の側にいる者たちでも、平民が学園に来るのをよく思っていないか)

特待生に対する生徒たちの不満を考えるアンジェリカは、ユリウスの軽率な行動に頭を悩ませる。

(殿下の気まぐれにも困ったものだ。これで茶会に招待しようものなら、いずれ不満が爆発してしまう)

学園の生徒たち、特に女子の不満が爆発するとアンジェリカは予想していた。

女子から高い人気を集めているユリウスたちが、特待生である平民出身のオリヴィアを優遇すれば不満も募る。

いずれ不満は爆発するが、その矛先はユリウスたちではなくオリヴィアに向かうとアンジェリカは考えていた。

(これ以上、余計な面倒をかけて欲しくないものだ)

◇

アンジェリカたちが去った後。

オリヴィアは図書室から借りてきた本を抱きしめ、俯きながら歩き始める。

「――そげんことば言われたっちゃ、うちだって困るし」

不意に出た地元の言葉に、オリヴィアは慌てて口元を手で塞いだ。

学園に来る前に必死に方言を直してきたのだが、時々ポロリと出てしまう。

恥ずかしくて気を付けているのだが、話す相手も少ないため最近はよく出てしまう。

オリヴィアは、遠くで楽しそうに話をしている女子たちを見る。

(あんな風に仲の良い友達が欲しいな)

学園に来た事を後悔してはいないが、それでも貴族たちの中で一人だけ平民という立場は居心地が悪かった。

今まで知らなかったことを学べるのは嬉しい。

しかし、貴族出身の生徒たちの間には、暗黙のルールが存在する。

存在は知っていても、今のオリヴィアにはどうすることもできない。

(話しかけてくれる人たちもいるけど、身分が違いすぎて気後れしちゃう)

入学したばかりの頃に知り合った男子たちは、揃いも揃って学園全体でも上位の者たちだった。

ユリウスは王太子で、その他の四人も貴公子――身分の高い家の嫡男たちだ。

本来なら近付かない方がいいというのは理解しているが、学園内で気軽に話しかけてくれるのは彼らくらいだ。

それに――。

(――近付くなって言われても、私じゃ拒否できないのに)

——そんな彼らの申し出をオリヴィアが断ることも出来ない。

考えながら歩いていると、前方からユリウスの姿が見えた。

オリヴィアを見かけると近付いてくる。

「奇遇だな。これから寮に戻るのか？」

歩いている方角から、オリヴィアがどこに向かっているか推測したようだ。

オリヴィアは出来るだけ笑顔を心がけ対応する。

「はい。今日は早く帰って借りた本を読もうと思って」

「勉強熱心じゃないか」

オリヴィアが勉学に励んでいる姿に、ユリウスは好感を抱いているようだ。

二人が会話をしていると、そこに教師がやって来る。

モノクル——片眼鏡をかけたスーツ姿の教師は、細身で背が高く髪型はオールバックにしていた。

放課後だというのに、朝と変わりがない隙がない姿である。

男子に作法を教えている教師でもあるため、身なりには気を遣っているのだろう。

「おや？　二人揃って随分と楽しそうですね」

笑顔で近付いてきた教師に、ユリウスは敬語で話をする。

王太子ではあるが、今のユリウスは学園の一生徒に過ぎない。

それを本人も意識しているようだ。

「何かと出会うことが多いので、話をする機会も増えましてね」

ユリウスにそう言われると、オリヴィアも違うとは言えない。

「そ、そうですね。色々と教えてもらっています」

困ったように笑って誤魔化す。

(教師の人たちも、私がユリウス殿下に近付くと嫌な顔をするよね？　出来れば、距離を置いた方がいいんだけど)

内心で困っていたオリヴィアに、教師は微笑む。

「知己を得るのも学園の意義の一つです。その出会いを大切にしてください」

教師の言葉に、ユリウスも笑顔で応える。

「えぇ、素晴らしい出会いだと思っていますよ。俺の周りには、どうしても彼女のような存在は現れませんからね」

ユリウスの言葉からは、現在の自分の状況に対しての不満が感じ取れた。

教師はユリウスの顔を見て、何か言おうとするが――諦めたのか、今度はオリヴィアの方に顔を向けてくる。

「ところでミスオリヴィア」

「は、はい！」

名前を呼ばれて慌てて返事をするオリヴィアに、教師が微笑みながら尋ねてくる。

「特待生という立場で何かと大変でしょう？　何かあれば、私に相談してください。頼りないかも知れませんが、少しは力になれると思いますよ」

オリヴィアは、教師にそう言われて返事をする。

「その時は、よろしくお願いします」

(この場にはユリウス殿下もいるし、相談は次の機会がいいかな？)

教師が笑顔で立ち去ると、ユリウスがオリヴィアに話しかけてくる。

先程の教師について、どこか茶化すような態度だ。

「マナー講師に権力があるとは思えないけどな」

「ユリウス殿下、失礼だと思います。あっ！　し、失礼だと思っただけで、その――」

咄嗟にユリウスの態度を責めてしまったオリヴィアは、またやってしまったと慌てて謝ろうとする。

しかし、ユリウスにはそれが面白かったようだ。

「またオリヴィアに叱られてしまったな」

笑うユリウスを見て、オリヴィアは自分がからかわれたことに気付く。

「私をからかっていませんか？」

「お前の反応が面白いからだ。それより、途中まで送ろう」

「――ありがとうございます」

オリヴィアは、ユリウスの申し出を断らなかった。断れなかった。

◇

夜。

女子寮にあるステファニーの部屋は、伯爵家の令嬢が使用するため他よりも広く設計されていた。

備え付けの家具も高価な物ばかりだが、ステファニーはそれらを気に入らず王都で購入した家具と入れ替えている。

派手好みのステファニーの選んだ家具は、どれも金銀の装飾が施されていた。

部屋に集まったのは、ステファニーを中心とするグループの面々だ。

と言っても、オフリー家と直接の繋がりのある娘たちばかりである。

寄子《よりこ》――オフリー家が面倒を見ている騎士家の娘たちであり、ステファニーを慕ってグループに入る女子はいなかった。

それが、ステファニーの学園での立場を物語っている。

「マリエの様子はどうなっているの？」

爪の手入れをしながら問うと、カーラが代表して答える。

「あの三人を中心に追い込んでいます。た、ただ、本人が図太くて、堪《こた》えていない様子で」

実家を馬鹿にした三人の女子を追い詰め、手駒にしていじめを行わせていた。

だが、マリエは音を上げるどころか、図太く平気な顔をしているそうだ。

ステファニーにとっては面白くない。

「人の婚約者を狙うだけあるわね」

取り巻きの一人が、マリエとは別の――オリヴィアの件を持ち出す。

「お嬢様、マリエの件も気になりますけど、特待生はどうします？　ブラッド様と親しくしているという噂ですが？」

ステファニーは舌打ちをすると、爪の手入れを中断する。

「平民の分際で生意気よね。本当なら潰してやりたいけど――」

忌々しそうにするステファニーが、急に口角を上げて笑う。

「――でもさ、あいつアンジェリカに釘を刺されたのよね？」

アンジェリカがオリヴィアに釘を刺した、という話は女子の間に広がっていた。

ステファニーの耳にも届いている。

「だったら、アンジェリカが潰してくれるわよ。あいつが、どんな手を使うのか気になるし、面白そうだから放置しておくわ」

オリヴィアの件はアンジェリカに任せると決まる。

そして、ステファニーはカーラに命令する。

「それからマリエだけどさ――気に入らないから、空賊に処理させるから」

事も無げに告げられたマリエへの対応に、取り巻きたちが一瞬だけ唖然としていた。

命令されたカーラが、ステファニーに再確認してくる。

「空賊たちを使うんですか？　危険すぎます。もし、誰かにバレたら――」

不安そうにするカーラに、ステファニーが苛立つ。

「孤立無援のあいつを誰が助けるのよ？　それに、手引きをさせるのは、あの三人よ。疑われたら、あいつらを差し出して終わりよ」

マリエについては、貧乏子爵家の末娘。しかも、家族との仲が悪いということまで調べてある。

最悪、家族がマリエの件を騒いでも、金を握らせて黙らせればいい。

そもそも、主犯にされるのは、三人の女子たちだ。

カーラが不安要素を口にする。

「あの三人が裏切らないとも限りません」

「それもそうね」

カーラの意見ももっともであると考え直したステファニーは、改めて命令を出す。

手を合わせて、笑顔で取り巻きたちの顔に視線を巡らせつつ。

「それなら、事が終わったらあの三人も消すわ。これで、この場にいる者が裏切らない限り、露見することはないでしょ？　これで安心よね」

——それは、この話が漏れたら裏切り者が身内から出たことを意味する。

「これで裏切り者も出ないわよね？　もしも出たら——連帯責任ってことでいいわよね？」

血の気の引いた取り巻きたち全員が、首を縦に振っていた。

# 第07話「ノート」

マリエへのいじめが始まり、もう一週間ばかりが過ぎた。

放課後に校舎裏を覗けば、マリエが焼却炉の中から焼け焦げた私物を取り出している。

「流石に焼かれるとどうしようもないわね」

焼かれた私物を諦め、焼却炉の中に戻していた。

その様子を物陰から見ていた俺は、胸が苦しくなってくる。

「あいつ、なんであんなにタフなの？　俺なら数日で逃げ出すぞ」

マリエが精神的に強すぎる。

『育った環境の違いでしょうか？　前世も今世も、マリエはマスター以上に厳しい環境に置かれていましたからね。精神的に強くなければ、生きてこられなかったのでしょう』

「――そこまでして理想の幸せを手に入れたいものか？」

俺ならすぐに妥協している。

目立たず、周囲に余計な争いを発生させず、手に入る幸せで満足する。

それが俺の人生を生きる上での秘訣だ。

もっとも俺は、前世で若くして死んでいるため、秘訣云々と言っても説得力がないけどな。

『この状況を見ても、マスターは動かないおつもりですか？　私に命じてくだされば、主犯を突き止め追い詰めることも可能ですよ』

「お前に任せたら洒落《しゃれ》にならないだろうが」

課金アイテムのルクシオンの性能は、この世界において破格だ。

絶対的と言ってもいい。

何しろ、国どころか世界と戦っても勝てそうな奴だからな。

『――それでは、このまま何もしないで静観を続けるのですか？』

俺は悩む。

ここで手を貸せば、相応の覚悟が必要になる。

面倒ごとは嫌いだ。

そもそも、全ての原因はマリエの行動にある。

――それなのに、どうしてだろう？　気が付けば足が動いていた。

ルクシオンがついてくる。

『素直じゃありませんね』

「五月蠅いぞ」

物陰から出て、焼却炉の前にいるマリエに近付いた。

「よう」

声をかけると、マリエが振り返って俺を見て――すぐに顔を背けた。

「何の用？　説教なら帰ってくれる？　私、あんたと違って暇じゃないから」

「口の減らない奴だな」

妹の口の悪さを思い出すと、腹立たしさと――妙な懐かしさを覚える。

そのせいだろうか？　マリエをこれ以上放置できなかった。

「もう諦めたらどうだ？　これ以上いじめがエスカレートすると、取り返しがつかないことになるぞ」

前世の学校にもいじめ問題は存在したが、この世界の学園は質が悪い。

戦争が普通に存在する世界であるため、生徒たちの暴力に対する忌避感が異常に低い。

実力行使に出るとなれば、平気で手が出る奴らばかりだ。

貴族なのに、妙に血の気が多いというか――とにかく、マリエのためにもここらで止めるべきだろう。

しかし、マリエは立ち上がると俺を見て鼻で笑う。

「何も理解していないわね。ここで私があの五人を狙うのを止めても、女子は私を許さないわよ。周りを黙らせるためにも、あの五人の誰かと付き合うしかないの」

「――最初からわかっていたのか？」

マリエの態度を見るに、この程度は想定していたようだ。

伊達に前世で苦労していないということか？

「私には成り上がる道しか残っていないのよ」

「俺には破滅に向かっているようにしか見えないけどな」

「成功すれば一発逆転の大チャンスじゃない」

「人生を賭けてまですることかよ」

「賭け事みたいに言わないでよ。私、ギャンブルとか大嫌いだから」

「いや、どう見てもギャンブルだろ？　しかも分が悪すぎる」

「やってみないとわからないでしょうが！」

成功すれば一発逆転も叶うだろうが、失敗する確率の方が高い気がする。

というか、そもそも主人公でもないマリエが、攻略対象の五人と付き合えるのだろうか？

「言いたくないんだけどさ。お前とオリヴィアさんのタイプって、どう見ても違うだろ？　あの五人がオリヴィアさんに惹かれるなら、それってつまりさ」

俺が言い難《にく》そうにすると、マリエは察して胸元を隠す。

「どこを見ているのよ、この変態！」

「見るものがあったのか？　というか、別に胸云々だけの話じゃないからな。性格とか容姿というか、雰囲気？　お前とオリヴィアさんは、全然タイプが違うじゃないか」

「あ、あの五人なら、外見よりも中身を重視してくれるから」

マリエも薄々は気付いているのだろう。

自分とオリヴィアさんのタイプが違っており、あの五人の好みから外れているのではないか？　と。

それでも、攻略対象の五人ならば、外見よりも中身を見て判断してくれるという淡い期待を抱いているようだ。

そこで俺は、マリエを前にして深いため息を吐く。

「お前は中身でオリヴィアさんと勝負して、勝てる見込みがあるのか？」

「そ、それは！　それは――」

言葉にはしなかったが、攻略対象の内、誰か一人を籠絡《ろうらく》すればいい！　などと考えているのがマリエだ。

そもそも誠実さに欠けているため、中身が酷すぎる。

お世辞にも内面が素晴らしいとは言えない。

マリエは反論しようと口を動かすが、自覚しているようで言葉が出て来ない。

最後には口を閉じてしまったマリエに、諦めるように促す。

「オリヴィアさんと張り合わなくてもいいだろ？　お前はお前の幸せを見つけろよ。何なら、手伝ってやるからさ」

俺が手を差し伸べると、マリエは俯いたまま振り払う。

「――上から目線の説教が気に入らない」

「は？」

「あんたはいいわよ。ルクシオンってチートアイテムを手に入れたんだから、残りの人生は勝ち組でいられるわよね。けど、私は違う。私は――まだ何も手に入れていないのよ！」

そう言ってマリエは駆け出すと、俺から離れていく。

差し出した手を引っ込めて、頭をかく。

「強情な奴」

俺の説得を見守っていたルクシオンが、先程の行動を責めてくる。

『本当に説得する気があるのか疑問です。もっと言い方があったはずです』

「口下手な俺に上手に説得できるかよ」

『マスターは、マリエに対して辛辣《しんらつ》になる傾向がありますね。生理的に無理、というやつでしょうか？』

自分で思っているよりも、マリエに対してはきつく当たっているらしい。

俺にも反省するべき点はあるが、強情なマリエにも問題がある。

考え込んでいると、ルクシオンが俺をからかってくる。

『――いや、もしくは好きな相手に意地悪をするという心理でしょうか？ 幼い頃に多い傾向だとデータにあるので、マスターには該当しないと思っていました。ですが、可能性はありそうですね』

「おい！」

ルクシオン本人にそのつもりがあるのかは不明だが、タイミング的にからかわれている気がしてならなかった。

◇

その頃。

女子寮にあるマリエの部屋には、二人の女子がいた。

「あの女、どこに行ったのよ!?」

「どうするのよ!?　早く連れ出さないと、ステファニーにまた!!」

「私だって嫌よ！」

ステファニーに命令され、マリエを学園の外に連れ出すために部屋まで来ていた。

部屋に来るまでに、学園内を捜し回ったがマリエの姿が見つからない。

このままでは、ステファニーの命令を実行できないと怯える二人。

すると、一人がマリエのベッドの下に何かがあると気付く。

「ねぇ、これってさ」

「旅行鞄じゃない。こんなもの、なんでベッドの下に隠しているのかしら？」

部屋を見回せば、私物が極端に少ないためスペースは余りまくっている。

一人が旅行鞄を開けると、中に入っているのはマリエの私物だ。

だが、気付いてしまう。

旅行鞄の中に、隠すように仕舞われたボロボロのノートがあることに。

「――マリエの奴、何でノートなんて隠してあるの？」

「てか、これって何語？　見たことない文字よ」

二人が全く読めない言語で書かれたノートを眺めていると、もう一人の女子がマリエの部屋にやって来る。

「居場所がわかったわ！　あいつ、外に出たって！」

それを聞いて、二人が部屋を出て行く。

その手には、マリエのノートが握られていた。

◇

リオンから逃げ出したマリエは、学園の外にいた。

街をフラフラと歩き回っている。

大通りを歩いていたマリエは、手持ちの金額を確かめる。

紙幣が一枚に硬貨が数枚。

それがマリエの全財産だ。

「たったこれだけじゃあ、屋台で買い食いも難しいわね。焼かれたノートや筆記用具も買わないといけないし、そうなると——」

お金が足りない。

その現実を前に、マリエは深いため息を吐いていた。

そして、そのタイミングで立ち止まったのだが、そこはドレスを扱っている店の前だった。

ショーウィンドウに飾られたドレスを見るマリエは、値札を見て力なく笑う。

「手持ちのお金だと、ドレスなんて夢のまた夢ね。あ〜あ、綺麗に着飾って、優雅な暮らしが出来るのはいつになるのかしら？」

そんな未来が来るのだろうか？　もしかしたら、自分にはずっと縁のない世界かもしれない。――そんな風に思えてくる。

気弱になったマリエは、リオンの言葉を思い出す。

(あのモブ野郎も酷いわよね。別にあそこまで言わなくてもいいじゃない。オリヴィアと比べて、見劣りすることくらい理解しているわよ)

オリヴィアの性格は知らないが、それでも自分より優れているのは何となく察していた。

あの乙女ゲーをプレイした際に、マリエも嫌になるくらい主人公の性格を見てきた。

時々入るオリヴィアの台詞は、どれも綺麗事ばかりだった。

そんなオリヴィアが、マリエは嫌いだった。

世間知らずで、頭がお花畑――これが、オリヴィアに対する評価だ。

しかし、今の自分と比べれば、オリヴィアの方が勝っているのも理解できる。

(不誠実とか、私だって気付いているわよ。けど――それでも幸せになりたいじゃない。私が幸せを望んだらいけないっていうの？)

ショーウィンドウの前で考え込んでいると、店員がマリエに気付いた。

近付いてこようとするので、マリエは逃げるように店から離れる。

逃げ回る自分が情けなく、いじめられても涙一つ流さなかったのに泣けてくる。

そんな時だった。

マリエの前に立ちはだかったのは、自分に絡んでくる三人組の女子たちだった。

「捜したわよ」

「――また来たの？　あんたたちも懲りないわね」

強がるために胸を張るマリエだったが、一人の女子が持つ見慣れたノートに視線が向かうと狼狽えてしまった。

「そ、それは私のノート！」

マリエの反応を見た女子たちが、ノートの重要性を知るには十分だった。

そのノートは、マリエにとって大事なあの乙女ゲーの攻略情報が書かれたノートである。

今のマリエにとっては、今後を左右する重要な品だ。

口角を上げて三人が笑う。

「返して欲しかったら、ついてきなさい。特別な場所に案内してあげるわ」

「ぐっ」

マリエは仕方なく、三人の女子たちについて行くのだった。

◇

男子寮の自室に戻った俺は、ベッドに横になり天井を見ていた。

「――何で俺がマリエのことで悩まないといけないんだ」

入学してからずっと、同じ転生者のマリエの行動に振り回されている。

そろそろ五月のお茶会が始まる時期だ。

お茶会の作法を学ぶ授業も開始され、紳士的に女子たちを招待しなければならない。

というか、婚活が目的のあの乙女ゲーの学園においては、これからが本番と言える。

田舎の貧乏男爵家出身の俺でも、結婚できなければ世間体が悪い。

この世間体というやつは、非常に厄介だ。

前世だったら気にせずに生きていける道もあるが、この世界ではそうもいかない。

世間体が悪いと、俺個人ばかりか家族にも被害が及ぶからな。

――そういう意味でも、本当に嫌な世界だ。

だから、俺としても婚活に集中したいのに――マリエの事が頭から離れない。

これが色恋の話ならば、まだ納得できる。

しかし、マリエに関しては別だ。

同じ転生者で、あの乙女ゲーの展開を知る者同士――マリエが余計なことをしないか、俺は心配している。

「余計な心配をさせるとか、あいつは俺の妹かよ」

憎らしい妹の顔や名前は、今となっては思い出せない。

転生した時から、その辺りの記憶が非常に曖昧になっている。

それはマリエも同じだった。

ベッドの上で何度目かの寝返りをうつと、ルクシオンが俺に近付いてくる。

『マスター、緊急事態が発生しました』

「何？　というか、近いって」

鼻先まで数センチの距離まで近付いてきたルクシオンが、赤いカメラアイを光らせていた。

『マリエが空賊に捕らわれました』

「──は？」

◇

「あの馬鹿、何をしているんだよ」

『場所は王都にある倉庫街です。女子の手引きにより、マリエがそちらに連れて行かれています』

「気付いたら止めろよ」

『えぇ、ですから現在──マスター、人が来ました』

男子寮を出て校門に向かっていると、外から戻ってきたらしい女子が目の前からやって来る。

「主人公様たちか」

姿を消したルクシオンは、オリヴィアさんを無視してマリエを救助したいらしい。

『優先順位を間違えないでください。今、オリヴィアたちに関わっている時間はありませんよ』

「俺は最初から関わるつもりがない」

そのまま口を閉じて、早歩きでオリヴィアさんと――ユリウス殿下の隣を通り過ぎる。

二人の会話が聞こえてくる。

「ユリウス殿下は串焼きが好きなんですね」

「大好物だ。お前も気に入ってくれて嬉しいよ」

どうやら、外で遊んできた帰りらしい。

こちらは順調に関係を育んでいるようで何よりだ。

ならば、後はマリエを助けるだけでいい。

二人の横を通り過ぎた後で、俺はすぐに駆け出す。

姿を消したルクシオンが、そのまま俺にナビゲートを開始する。

『最短距離で目的地まで案内します。それから――【アロガンツ】の用意も急がせています』

「王都で暴れたくなかったのに」

『仕方がありません』

校門を出て、王都にある倉庫街へと向かう。

◇

リオンとすれ違ったオリヴィアが、立ち止まって振り返る。

すると、リオンが走っている姿が見えた。

オリヴィアの行動を真似たユリウスが、視線の先にいたリオンに気付く。

「彼は――同級生のバルトファルトだな」

「お知り合いですか？」

「有名人だからな。学園入学前に、冒険者として成功を収めた男だよ。将来的には、男爵の地位が与えられると聞いている」

「凄い人なんですね」

オリヴィアが素直に感心すると、ユリウスには嫉妬心がわいたらしい。

「いずれ俺も飛行船を出して冒険の旅に出る。その時は、あいつ以上の成果を出すよ。そしたら、お前も一緒に来るか？　お前がいれば、楽しい旅になりそうだ」

ユリウスに誘われたオリヴィアは、困った顔で微笑む。

「私はどちらかと言うと、部屋で本を読んでいる方が好きですから」

「そ、そうか？　いや、それなら飛行船にお前の部屋を用意しよう。そこで好きなだけ勉強すればいい」

「え、えっと、そう言われても」

オリヴィアは、どのように誘いを断ろうかと考えていた。

そんな二人を校舎の二階から見下ろす人物がいた。

◇

校舎二階の窓際。

無表情でユリウスとオリヴィアを見下ろしているのは、アンジェリカだった。

取り巻きたちも後ろに控えているが、アンジェリカの雰囲気を察して口を閉じてしまっていた。

アンジェリカは、落ち着いた口調で言う。

「――私の忠告はあの女に届かなかったようだ」

少し前に忠告をしたのに、それを無視されてはアンジェリカの立場がない。

いや、そもそも、忠告で済ませた優しさを無下《むげ》にされたようなものだ。

一度は見逃してやったのに――それが、アンジェリカの気持ちだった。

アンジェリカが振り返ると、窓から差し込む夕日により逆光となる。

アンジェリカの顔には影が差し、黒く見えていた。

その中で、赤い瞳が光っているように見える。

「一度、あの女と直接話をする必要があるな」

気圧《けお》された取り巻きたちが、一斉に頷いて返事をする。

「す、すぐに呼び出します」

「いや、私にも予定がある。殿下の五月のお茶会で打ち合わせもあるから、その後に呼び出して話をしよう」

「そ、そのように段取りをします」

「——任せる」

取り巻きたちにそう言うと、アンジェリカは再び窓の外に顔を向けた。

そこには、随分と楽しそうにオリヴィアと並んで歩くユリウスの姿があった。

(私には、あのような顔を向けてくれたことはここ何年もなかったのに)

# 第08話「トラウマ」

王都にある倉庫街。

王都の近郊に浮かぶ浮島から降ろされた物資が集積されている場所だが、その一部は老朽化で崩れかけていた。

新しい倉庫街も出来ており、今後は周辺を別目的で利用するべき――などという意見も出ているため、放置されている倉庫が多い。

その内の一つに、半ば放棄された倉庫があった。

レンガ造りの倉庫なのだが、今は不要品置き場のようになっている。

そこを王都で活動するアジトにしているのが、空賊の一味だった。

黒いバンダナには翼の生えた鮫【ウイングシャーク空賊団】を示すマークが入っており、それを堂々と頭部に巻き付けた空賊たち。

不要品の他には、空賊たちが持ち込んだ物資が積み上げられている。

その中には、鎧――四メートルはある人型のパワードスーツが、コックピットハッチを開いた状態で膝立ちをして三機も並んでいた。

空賊たちの鎧である。

他にも、翼を持つ鮫が描かれた空賊団の旗が、壁の目立つ位置に掛けられていた。

「連れて来ました！」

そんな場所に現れるのは、学園の制服を着た女子が四人。

内、一人はロープで拘束されていた。

四人が現れると、倉庫の奥でテーブルを囲んでギャンブルをしていた幹部が席を立つ。

空賊団の幹部で、王都にいる一味のまとめ役だ。

高身長で細身の男は、金髪を伸ばして首の後ろで結んでいる。

不摂生な生活を送っているためか、頬は痩せて目の下に隈《くま》ができている。

服装はシャツにズボンという恰好だが、腰には拳銃やらナイフが下げられていた。

どこか不気味な男の名前は【ダドリー】。

拳銃を引き抜くと、マリエを連れてきた三人の女子たちに銃口を向ける。

銃口を横に振って、マリエを運ぶように言う。

「ご苦労さん。じゃあ、そっちの柱にロープを結んで」

厳《いか》つい男ではないのだが、ダドリーの不気味な雰囲気に三人の女子たちも怯えていた。

言われるままマリエを柱に縛り付ける。

ダドリーが女子たちに気付かれないように目配せをすると、部下たちは静かに移動を開始する。

出入り口全てに部下たちが武器を持って立つ頃には、マリエを縛り付け終わっていた。

リーダー格の女子が怯えながら、ダドリーに帰りたいと告げる。

「そ、それじゃあ、後はよろしくお願いしますね。私たちは学園に戻るので」

だが、出入り口に空賊たちが立っているのを見て、困惑した表情をする。

「あ、あの」

身を寄せ合って震えている女子たちに、ダドリーは拳銃の銃口を向けたままだ。

回転式弾倉の拳銃の撃鉄を引き、いつでも撃てるようにすると身の上話を始める。

三人に視線を合わせず、呟くように。

「――俺は田舎の浮島に生まれ育ったんだが、そこを治めている領主が糞野郎だった。女に貢ぐために、俺たちに重税を課しやがる。嫌になって故郷を飛び出して都会に逃げたが、ろくな仕事がなくてよ。気が付けば空賊になっていたわけだ」

ダドリーの話を聞いても、三人は首をかしげていた。

自分たちは悪くないのでは？　そんな風に思っているのだろう。

ダドリーが口角を上げて笑う。

「それで、色々と調べたんだ。あの領主が誰に貢いでいたのか、ってな。そしたら、自分の妻に貢いでいたそうじゃないか。驚いたぜ――何しろ、その女が贅沢をするために、俺たちが苦しんでいたんだから」

ここまで言われて、女子たちの顔色が青ざめていく。

ダドリーの故郷の領主が重税を課した理由は、自分の妻に贅沢な暮らしをさせるため。

今の王国の歪な現状が原因だった。

ダドリーが三人の足下に発砲する。

「ひっ！」

ダンッ！　という発砲音の後に、三人がその場に座り込んでしまった。

その姿を見たダドリーが、目を血走らせて大笑いをしていた。

「傑作だな！　貴族の男たちが恐れる女たちに、空賊の俺が悲鳴を上げさせるとかよ！」

すると、三人の内の一人がダドリーに対して気丈に言い返す。

「あ、あんたたち、こんなことをしてタダで済まないわよ。私たちは、ステファニーお嬢様の命令で動いているの。こんなことをして、無事で済むわけが――」

「そのお嬢様からのご命令だ。お前たち三人も処分してくれ、とな」

「――え？」

三人が信じられないという顔をしている中、ダドリーたち空賊はニヤニヤとしていた。

「お前らが裏切る心配があるから、ついでに好きにしていいってよ。さて、どうするかな？　外国にでも売り飛ばすか？」

外国に売り飛ばされると聞いて、三人は震えながら抱きしめ合っていた。

ダドリーが三人の内の一人――リーダー格の女子に銃口を向ける。

「いや、その前に一人くらい遊ぶのもいいな。一度、貴族の女が泣き叫ぶのを見たかったんだ」

悪趣味なダドリーの提案を誰も止めようとしない。

むしろ、部下たちはそれを聞いて愉快そうに笑っていた。

そんな時だ。

パサッという軽い音が聞こえて来たので、全員の目がそちらに向かう。

そこにはロープに繋がれたマリエがいるはずだったのだが、本人はロープから抜け出していた。

小さな体で駆け、そしてダドリーに近付くとジャンプする。

マリエは無言で拳をダドリーに叩き込んだ。

「ぶっ!?」

拳がダドリーの顔面に沈み込み、そのまま吹き飛ばしてしまう。

大の男を数メートルも吹き飛ばし、積み上げられた木箱にダドリーがぶつかっていた。

空賊たちが目をむいてマリエを見ると、本人は倉庫内に響き渡る大声で告げる。

「この程度で私を捕まえられると思うなよ！　お前らなんか、山や森の獣たちに比べたら雑魚なのよ！」

◇

マリエは冷や汗をかいた。

(しくじった。隙を見て逃げるつもりだったのに、つい殴り飛ばしちゃった)

縄抜けを成功させたマリエは、自分一人逃げ出すつもりでいた。

しかし、目の前で女子たちが撃たれると思ったら——無意識に飛び出して、ダドリーに殴りかかっ

ていた。

どうするべきか考えたマリエは、すぐに倒れているダドリーに向かって走る。

そして、立ち上がる前にアゴを蹴り上げた。

すぐさま、ダドリーの持っていた拳銃を手に取ると、銃口を突きつけて人質にする。

「動くな！　あんたらのお仲間が死ぬわよ」

倉庫内の空賊たちに視線を巡らせると、苦々しい顔つきでライフルや拳銃を下ろしていた。

マリエは、三人の女子に話しかける。

「あんたら、逃げられそう？」

今までいじめてきたマリエに声をかけられた三人は、一瞬驚くがすぐに首を横に振る。

「だ、駄目。腰が抜けて動けない」

「何としても立ちなさい！　このまま、ここから逃げるわよ」

いくらマリエでも、この数を相手に戦えば負ける。

三人が必死に立ち上がり、マリエと一緒に逃げようとする。

そんな時だった。

ダドリーが巻いていたバンダナが取れて、ついでに髪を縛っていたヒモも取れてしまった。

「小娘が。お前は絶対に後悔させてやるからな」

強がるダドリーの負け惜しみだった。

しかし、マリエはダドリーを見てギョッとする。

前世の記憶がフラッシュバックして来た。

ダドリーと重なるのは、前世で付き合っていた彼氏——自分を殺した相手だった。

マリエの呼吸が乱れてくる。冷や汗が流れ、全身が震えてくる。

早く逃げなければいけないのに、体が言うことをきいてくれない。

今のマリエには、前世で自分を殺した相手は心的外傷——トラウマになっていた。

様子のおかしくなったマリエに気付いた女子の一人が、声をかけてくる。

「に、逃げないの？」

だが、マリエの呼吸は乱れて、異様に汗が噴き出ている。

返事も出来ない様子にダドリーも気付くと、乱暴にマリエを振りほどいた。

「マリエ！」

リーダー格の女子が叫ぶが、振りほどかれたマリエは立ち上がれないでいる。

マリエは自分を抱きしめた。

(何で震えるのよ。あいつに似ているからって——何で怖いのよ！)

前世の最期に関わる元彼の顔が思い浮かぶ。

その顔はダドリーと似ているし、雰囲気まで同じだった。

ダドリーが拳銃を拾うと、マリエに近付いて蹴りを入れてくる。

「さっきまでの威勢はどうした！　てめぇ、俺たちに舐めた真似をして、無事でいられると思っていないだろうな？　お前には特別な地獄を見せてやるぜ」

そう言いながら、ダドリーは何度もマリエに蹴りを入れる。

そして、頭部を踏んできた。

グリグリと踏みつけられるマリエは、涙が止まらない。

（ふざけんなっ！　私の人生、こんな所で終わるの？　そんなの嫌よ――）

自分を殺す相手が、まさかの前世の元彼とよく似た男だとはマリエも予想できなかった。

悔しかったのは――娘や両親。そして、兄の顔や名前は思い出せないのに、前世で見た元彼の顔はダドリーを見て鮮明に思い出せたことだ。

どうせならば、大切な人たち――両親や娘、そして兄の顔を思い出したかったと思う。

そして、マリエは願う。

（――助けてよ、お兄ちゃん）

この世にいないと理解してはいるが、マリエは兄に助けを求めずにいられなかった。

ただ、その願いは届いたのかもしれない。

倉庫の入り口が派手に吹き飛び、マリエを踏みつけていたダドリーが足を退《ど》ける。

拳銃を構えたダドリーが、吹き飛んだ入り口に発生する煙に向かって引き金を引いていた。

「何が起きた！」

確認はしていないが、異常事態だと思って発砲したのだろう。

――しかし、マリエが顔を上げた瞬間に見えたのは、そんなダドリーに向かって殴りかかるリオンの姿だった。

ダドリーが殴り飛ばされると、リオンが空賊たちに言う。

「知り合いを返してもらいに来たぞ。ついでに、お前らを王宮に突き出して、報奨金をもらおうじゃないか」

単身で敵地に乗り込み、笑いながらリオンは告げた。

マリエがその姿に妙な懐かしさを覚える。

一瞬だけ、リオンの姿と兄の姿が重なると、小声で呟いてしまう。

「あ、兄貴」

それはリオンにも聞き取れない声だったようで、本人は気にせずマリエの方に視線を向ける。

蹴られ、踏まれて、ボロボロになったマリエを見たリオンは眉根を寄せる。

「貴族様のご登場だ。覚悟をしろよ、空賊共」

左手に持っていたショットガンらしき武器を構えるリオンは、笑みを消して真剣な表情をしている。

どうやら怒っているらしい。

「マリエ、立てるか？」

「え？　う、うん」

「後は俺が何とかしてやる」

何とかすると言うリオンの背中に、マリエは兄の姿を見た。

(何でこいつがお兄ちゃんに見えるのよ)

◇

マリエを助けるために空賊の隠れ家に突入した俺は、ルクシオン製のショットガンを持っていた。

姿を消したルクシオンが、俺に敵の行動を伝えてくる。

『右斜め後ろにライフルを構えている敵がいます』

タンッ！　という銃声が聞こえてくると、俺に当たる前にルクシオンが展開したエネルギーの障壁に遮られて弾丸が落ちた。

撃った奴の方を見れば、驚いて目をむいている。

それは周囲も同じであり、俺に向かって引き金を引いてくる。

「何発撃っても同じだよ。俺には届かない——けど、俺の攻撃は届くんだよね」

未来的な黒いショットガンには、ドラムマガジンが取り付けられている。

引き金を引くと自動で次弾が装填され、連射可能なショットガンだ。

放たれたショットシェルが、中から小さな弾を幾つもばらまいていく。

非殺傷のゴム弾だが、ルクシオン製で威力が高いのか空賊たちを吹き飛ばしていく。

殺さないだけで、大怪我は免れない威力だろう。

「ほら、さっさと降参しないと全員病院送りだぞ」

逃げ回る空賊たちに銃口を向けて引き金を引いていると、何人かが鎧に向かって走っていた。

その中には、マリエを蹴っていた男もいる。

マリエがその姿を見て、俺のズボンを指で掴んで引っ張ってくる。

「あ、あの、敵が鎧に」

「わかってる。ルクシオン」

『問題ありません』

空賊たちが用意した三機の鎧が、パイロットを得て動き出す。

その様子を見て威勢を取り戻した空賊たちが、俺に向かって罵声を浴びせてくる。

「勝ったつもりか兄ちゃん？　これで形勢は逆転——ぎゃぁぁぁ!!」

問答無用でショットガンで撃つと、弾は男の顔に当たったようだ。

両手で顔を押さえて、床に転がりながら悶《もだ》えている。

「騒ぐなよ」

ショットガンを持ってその場に立っていると、ダドリーと言ったか？　ルクシオンが教えてくれた幹部の男が、鎧に乗ったことで強気になっていた。

鎧に取り付けられた外部マイクから、ダドリーの声がする。

『女を救いに来るナイト気取りの糞ガキは、俺が直々にミンチにしてやるぜ』

ダドリーの乗る鎧は、柄《え》の長い斧を持っていた。

他の二機よりも派手な改造をしており、棘《とげ》が沢山ついている。

「刺々《とげとげ》しい改造って、何だか賊っぽいイメージがあるよな」

感想を呟くと、俺の足下にいるマリエが抱きついてくる。

「余裕ぶってないで、さっさと逃げなさいよ！」

「逃げる必要はないからな。――ルクシオン」

『――アロガンツ、出番ですよ』

ルクシオンがそう言うと、倉庫の壁を突き破って黒い鎧が出現する。

ダドリーたちが乗る四メートル級ではなく、六メートルはある鎧だ。

灰色と黒で塗装された鎧は、バックパックにコンテナを三つ背負っている。

無骨で太い鎧の登場に、めまぐるしく状況が変わって混乱していた女子三人が叫ぶ。

「旧式じゃない！」

「あんなので、細身の鎧に勝てないわよ！」

「もう終わりよ。助けが来たと思ったのに！」

アロガンツを見て旧式と判断した理由は、ここしばらくは鎧の主流が細身の高機動型にあるからだ。

大きくて頑丈なのが強い、というのは昔の話。

現代では、動きは鈍いし、大きな的だから弱いとすら思われている。

マリエはその辺りの事情に詳しくないようだ。

「そうなの!?　いかにも大丈夫って態度だったのに、旧式を持ち込むって何よ！」

「――お前、何か忘れてない？」

俺が用意した鎧が、ただの旧式であるはずがない。

ルクシオンのカメラアイが点滅する。

『アロガンツ、その性能をマリエに見せてやりなさい』

マリエに見せてやれ――つまり、マリエの不安を取り除いて欲しいのだろう。

こいつ、マリエに対して甘くないか？

ルクシオンの命令を受けたアロガンツが、ツインアイを赤く光らせると空賊の鎧に近付いて組み合う。

そいつはダドリーの部下だったが、アロガンツを相手に余裕を見せていた。

『馬鹿が！　ただ大きいだけの鎧が、俺の鎧に力比べで勝てるかよ！　見かけだけの旧式は、さっさと潰れ――へ？』

図体が大きいからパワーもあるだろう、というのは違う。

鎧に関して言えば、大きい鎧はその図体を維持するためにエネルギーを消費する。

そのため、小型の鎧よりもパワー負けすることが多かった。

車で説明するならば、大型車に普通車のエンジンを載せてもパワーが出ないのと一緒だろうか？

より大きなエンジンを積み込めばと考えるだろうが、そんな大きなエンジンを開発するよりも、車体の大きさを小さくすればいい、というのがこの世界での主流だ。

むしろ、車体を更に小さくしてスピードやパワーが出た方がいいのではないか？

そんな設計思想で鎧の開発が進められている。

だから、この世界の大きな鎧というのは、その巨体を動かすためにパワー不足になりがちだった。

しかし、アロガンツと組み合っている鎧が、金属のきしむ音を立てる。

膝を突き、各部の関節から放電が起きていた。

それを見たダドリーともう一人の部下が、アロガンツに武器を振り下ろす。

『くそ！　どうなっていやがる！』

『放せ、放せよ！』

武器を振り下ろされるアロガンツだが、装甲には傷一つ付かない。

そのまま一体を力任せに押し潰すと、アロガンツがダドリーのもう一人の部下を殴り飛ばした。

殴り飛ばされ、壁に激突した鎧の頭部をアロガンツは強引に引き抜いてしまう。

コックピットから顔を出したパイロットの空賊が、信じられないという顔をしていた。

圧倒的な光景を前に、マリエが座り込みながらアロガンツを見上げている。

「――強いじゃない」

それに気を良くしたのか、ルクシオンが饒舌に語り始める。

『マスター専用の鎧として私が用意した【アロガンツ】です。この世界の技術力では到底再現できない代物で、機体性能は比べるまでもありません。様々なオプションを備えているので、どのような状況でも戦えますよ』

自慢気なルクシオンを見るマリエは、アロガンツの名前が気になったようだ。

「アロガンツ？　それって傲慢って意味じゃなかった？」

『正解です。マリエはマスターよりも物知りですね』

その話を聞いて、俺は「えっ!?」とルクシオンを見る。

アロガンツの名前の意味を聞いたことはあるのだが、その際は「マスターにピッタリの言葉です」とか言いやがったのだ。

「おい、俺には教えてくれなかったよな？　というか、傲慢ってどういう意味だ？　お前は俺を傲慢とでも言いたいのか？」

『マスターも最初は気に入っていたではありませんか』

「いや、別に良いけどさ！　それでも、お前の嫌みや皮肉だと思うと腹が立つだろうが」

ルクシオンと言い合っていると、ダドリーが空へと舞い上がる。

その際に倉庫の天井をぶち破ったので、瓦礫が落ちてきた。

アロガンツが俺たちを守るように覆い被さり、瓦礫《がれき》から守ってくれる。

飛び立ったダドリーが、最後に捨て台詞を吐く。

『今日のところはこれくらいで勘弁しやる！　だが、お前らの顔は覚えたからな。絶対に潰してやるから、覚悟しておけ！』

ダドリーは、部下たちを捨てて逃げ出してしまった。

俺は小さくため息を吐く。

「――俺から逃げられると思うなよ。ルクシオン、やれるな？」

『はい、マスター』

屈《かが》んだアロガンツがコックピットハッチを開くと、マリエたちが驚く。

何しろ、パイロットがいないのだから。

俺がコックピットに入ると、ルクシオンもついてくる。

マリエが立ち上がって、戸惑っていた。

「ちょっと、私たちはどうするのよ？　まだ空賊がいるのよ」

「そっちは大丈夫だから、お前らは倉庫から出て避難しておけ」

「あに――あんたはどうするのよ？」

マリエが何か言い間違えたようだが、今は気にしても仕方がない。

俺は上を指さした。

「あいつを追いかけて捕まえてくる」

そのままハッチが閉じる。

◇

アロガンツが舞い上がると、入れ違いで倉庫内にやって来るのは一つ目のロボットたちだった。

宙に浮かぶロボットたちの両手には、武器が握られていた。

そして、空賊たちに近付くと拘束を開始する。

「何よ。何が起きているのよ」

マリエをいじめていた女子三人が、座り込んで目の前の光景に唖然としていた。

マリエは空を見上げる。

「——何なのよ。何であいつを兄貴って呼びそうになるのよ」

こんな場所で再会するなど、絶対にありないはずなのに。

マリエはそう思いながらも、どこか胸の奥が喜びで熱くなるのを感じていた。

# 第09話「空賊退治」

王都上空。

鎧に乗り込んだダドリーは、コックピット内で焦っていた。

「ガキ共を相手に逃げ出したと知られれば、お頭に殺される。こうなれば、手土産の一つでも持っていかないと俺の命がない」

ダドリーは鎧に背負わせていたライフルを掴むと、倉庫街に向けた。

銃口を向け、空から狙撃するためだ。

「せめてガキ共だけでも殺して」

先程は捨て台詞を吐いたが、この程度の依頼もこなせないダドリーに空賊団内での立場はない。

幹部だろうと、トップであるお頭にケジメとして殺されてしまうか――降格されて平からやり直しとなるだろう。

それだけは避けたいダドリーは、半分混乱しながら王都に向かって引き金を引こうとしていた。

――そんなことをすれば、余計に立場が危うくなるのも理解できないほどに冷静さを欠いていた。

だが、ダドリーが引き金を引いて弾丸が発射されると、上昇してくる黒い鎧に命中して弾かれてしまう。

その姿を見たダドリーは、冷や汗が吹き出す。

「デカ物が！」

背中を向けて逃げ出すが、デカ物――アロガンツが迫ってくる。

デカ物――大きいだけで役に立たない鎧のはずなのに、あらゆる面でアロガンツの性能の方が勝っていた。

「時代遅れの鎧の方が凄いっていうのかよ！　お頭の鎧とは違うんだぞ！」

ダドリーが知る中で、大型の鎧で強いのは一機だけだった。

それも例外中の例外であるため、他に同じように強い大型機が存在するとは考えてすらいなかった。

空でのスピードを見て、ダドリーは眉間に皺を作る。

「スピードまで化け物かよ」

追いつかれては後ろから攻撃されて自分が死ぬため、空中で振り返って戦斧を構えた。

それなのに、アロガンツの方は武器を持とうとしない。

最初から所持していないのかもしれないが、それがダドリーを苛立たせる。

自分のことを「武器を持つまでもない相手」と見られたと。

舐められた事に憤慨する。

「俺を馬鹿にするんじゃねー!!」

戦斧を振り上げて接近し、最高のタイミングで振り下ろす。

ダドリーも、伊達に幹部をやっていない。

これまで何度も戦いに参加して、功績を積み上げてきた男だ。

並みのパイロット——それこそ一般的な騎士を相手にしても、勝てるくらいの実力はあると自負している。

だが、今回は相手が悪かった。

アロガンツが振り下ろされた戦斧に向かって手の平を向けると、そのまま受け止めてしまう。

「お前は馬鹿なのか！」

相手は馬鹿なのか？　そう思った理由は、鎧の手——マニピュレーターという物は、とても繊細にできている。

人の手の動きを再現するために、細かいパーツが使われた精密機械だ。

そんな精密機械で、振り下ろされた武器を受け止めるなど普通はあり得ない。

しかし、受け止めたアロガンツが手を動かし、戦斧を握ると粉々に砕いてしまう。

ダドリーには、目の前の光景が信じられない。

「嘘だろ!?」

鎧の手というのは、様々な武器を扱うための物。

武器を握り潰すことを想定していないため、あり得ない光景だった。

残った柄の部分を投げ捨てたダドリーは、相手が自分の手には負えない化け物であるのを認めてすぐに逃げ出す。

恥も外聞も捨てて逃げ出すダドリーの鎧に、アロガンツが迫ってくる。

「頼む。助けてくれ！　話す。何でも話すから!!」

だが、アロガンツから若い男の声がする。

その声の主は、怒っているようだ。

『駄目だ。てめぇは叩き潰す』

次の瞬間には、アロガンツの拳がダドリーの乗る鎧を殴っていた。

殴られて地面に降下するダドリーは、空を見上げながら黒い鎧を見る。

「何なんだよ。てめぇはよぉ!!」

効かないと理解しながらも、空に向かってライフルを構えて引き金を引く。

『お前が知る必要はない。これから地獄を見るのは——お前だ』

アロガンツが弾丸を避《よ》けて降下してくると、ダドリーの鎧に追いついて——その巨体で踏みつけるように蹴りを入れてくる。

そのままダドリーの鎧は、王都近郊にある池に落とされた。

◇

空賊の鎧を撃墜した。

と言っても、パイロットは無事である。

今は文字通り飛んできた王国の軍により拘束され、これから取り調べを受けるらしい。

倉庫街に隠れていた空賊たちも大量検挙され、マリエたちも無事に保護された。

これにて一件落着！　と思いきや――何故か、俺も軍の飛行船に乗せられ、取調室に連れて来られた。

俺を取り調べる軍服を着用した騎士が、頭の痛そうな顔をしている。

「――つまり、女子を助けるために空賊に喧嘩を売ったと？」

「はい。男の子の意地を見せてやりました」

瞳を輝かせながら、俺は頑張りました！　と説明するのだが、騎士は苦々しい顔をして俺を見ている。

「動く前に王宮に知らせるなり、学園に報告する方法もあったよね？　目立ちたい気持ちは理解するけど、あまり無理をしないで欲しい」

空賊を野放しにして何て言い方だ！　と思うだろうが、この人たちにも仕事がある。

俺が勝手に動いたことで、王都は大騒ぎになっている。

お手柄だと言う人もいれば、もっと考えて行動しろと説教する人もいる。

まぁ、解決することを優先したので、後始末については考えていなかった。

行き当たりばったりが、俺の人生だ。

「すみません」

素直に謝ると、騎士はため息を吐きつつも俺を責めるのを止める。

「色々と言いたいことはあるが、空賊を捕らえた功労者でもあるからね。功績に免じて説教はここまでにしておこう」

「ありがとうございます」

俺が笑顔になると、騎士は右手で顔を押さえていた。

そして、今後の心配をする。

「それにしても、王都内に空賊が入るとは厄介だな。これからしばらく、騒がしくなりそうだよ」

騎士がそう言って部屋を出て行くが、俺にも不安があった。

――まさか、あの乙女ゲーに登場した空賊が関わっているとは思わなかった。

ウイングシャーク空賊団と言えば、あの乙女ゲーの物語中盤で主人公たちに立ち塞がる厄介な敵である。

更に、今回の騒動の裏には、ステファニーがいると知って余計に混乱している。

このタイミングでステファニーたちに関わるとは、思ってもいなかった。

俺は静かに考える。

「どうするかな？　突き出すのは簡単だが――」

問題なのは、あのステファニーが今後の展開に必要な悪役という点だった。

この場で退場させるのは簡単だが、それをすると中盤の大事なイベントが潰れることになる。

マリエに手を出したステファニーを許せない気持ちと、この国の未来を秤《はかり》にかける俺の気持ちは揺れていた。

俺が一人になると、ルクシオンが姿を現す。

『マリエは軽い怪我を負っていましたが、本人の回復魔法で完治しました』

「ほぼ無傷じゃないか」

『いじめを実行した女子生徒たちも治療していました。私には理解しかねます。彼女たちを助けても、マリエにメリットはないでしょうに』

マリエが彼女たちを助けたと聞いて、俺は少しだけ——まぁ、嬉しかった。

「あいつ本当に精神的にタフだよな。俺なら、いじめた相手はとことん追い込むのに」

『そうでしょうね』

◇

空賊騒ぎに巻き込まれたマリエたちは、教師たちが事情を聞くため教室に呼び出されていた。

三人の女子も一緒である。

一度事情を話すと、教師が席を外した。

まだ話は続くようで、マリエたちは教室で待機させられている。

三人はマリエから距離を取って席に着いていた。

マリエは窓際の席で、外を眺めながらこの場にいないリオンを心配する。

(——あいつ、取り調べを受けるとか、何かしたのかしら?)

戻ってこないリオンの話を教師に聞いたら、軍に取り調べを受けているそうだ。

空賊を退治したのに、どうして捕まるのか？　マリエには理解できない。

そんなマリエに、三人が近付いてきた。

「あ、あの」

俯いた三人に、マリエは小さなため息を吐く。

「何よ？」

「ご、ごめん――なさい」

三人が頭を下げてくるのを見て、マリエは嫌みを言う気が失せてしまう。

これまで自分をいじめてきた相手だが、今は責める気にもなれない。

――三人の事情を知ると、責める気持ちが失せてしまった。

「別に良いわよ。それよりも、あんたら本当にステファニーを突き出さないの？」

ステファニーの名前を出すと、三人の女子たちが目に見えて震えていた。

その様子から、何かあったのだとマリエも察する。

リーダー格の女子が、唇を震わせながらマリエに謝罪する。

「ごめん――無理。あいつを怒らせると、家族にも危害が及ぶから」

「――ま、私は別にいいけどね」

オフリー家のステファニーについては、マリエも知っていた。

今後、主人公であるオリヴィアたちに関わる重要な役割を担っている。

そんなステファニーを現時点で学園から追い出せば、マリエやリオンにとって困ったことになる。

主人公であるオリヴィアの大事な成長イベントが、一つ消えてしまうからだ。

（——ステファニーを追い出すと、あいつが五月蠅そうだし）

今回の一件には腹も立つが、国が滅ぶよりも——あの乙女ゲーのシナリオが崩れるよりはいいだろう、と自分に言い聞かせる。

三人がマリエを見て、心配したような顔をする。

「あんた、もう殿下たちに近付かない方がいいわよ」

「何で？」

「評判が悪いからよ。殿下たちにも婚約者がいるのは知っているでしょ？　ステファニーもヤバいけど、一番怖いのは別の人よ」

別の人。そう告げた三人の方が、顔が強張っていた。

マリエがその人物の名を呟く。

「アンジェリカ？」

「知っているなら、本当に止めなよ。アンジェリカ様に関しては、ステファニーだって逆らわないくらいだしさ」

三人の女子たちが、ステファニーよりもアンジェリカを恐れていた。

マリエにとっては意外でもない。

（ちょい役のステファニーより、本物の悪役令嬢の方がやっぱり強敵よね。まぁ、もう近付く気も失せたけどさ）

そして、一人の女子がマリエのノートを返してくる。

「あと、これ」

「私のノート！」

マリエはノートを手に取ると、嬉しそうに抱きしめる。

その姿に困惑する三人が、ノートについて尋ねてくる。

「それ、古代の物か何か？　普通のノートには見えなかったけど」

「――あんたらは気にしなくていいわ。私にとっては宝物よ。いえ、宝物だった、かしらね？」

マリエの曖昧な返事に、三人は首をかしげる。

すると、教師が戻ってきたので、会話は終わってしまった。

◇

次の日。

学園では、リオンの空賊退治が話題となっていた。

その話題で盛り上がる生徒たちは多く、廊下を歩いていたオリヴィアの耳にも入る。

「聞いた？　バルトファルトは王都に隠れていた空賊を捕まえたらしいわよ」

「自前の鎧で空賊たちを叩きのめしたのよね？」

「冴えない男だと思っていたけど、いきなり大手柄じゃない」

女子たちが話題にしていると、それを聞いた男子たちが面白くなさそうにしている。

しかし、その実力は認めているようだ。

「バルトファルトの奴、いきなり目立ちやがった」

「五月のお茶会は、あいつに女子が集中するんだろうな」

「いきなり活躍とか勘弁して欲しいぜ」

男子たちが心配しているのは、これから始まるお茶会についてだ。

リオンが活躍してしまったため、女子たちがそちらに集中して自分たちのお茶会に来てくれないのではないか？　そう思っているらしい。

そんな話を聞くオリヴィアは、リオンという人物に興味が出てくる。

(学生なのに、空賊を捕まえる人もいるんだ。やっぱり、貴族様って凄いな)

歩きながら、オリヴィアはリオンについて考える。

(そういえば、昨日すれ違ったけど、あの時にはもう空賊を追いかけていたのかな？)

そこまで考えていると、違う男子たちのグループが話し込んでいる。

「聞いたか？　バルトファルトが空賊を倒した理由だけど、女子を救出するためだってさ」

「あいつ、どこまで女子のポイントを稼ぐつもりだよ」

「これからバルトファルトと比べられるんだろうな。はぁ、嫌だな～」

リオンが誰かを救うために空賊を倒したと聞いて、オリヴィアは更に興味を持つ。

(本当に吟遊詩人が歌う騎士様みたい)

捕らわれた姫や女性を救うために、騎士が活躍する英雄譚は多い。

吟遊詩人もよく酒場で歌っており、オリヴィアも子供の頃に憧れていた。

(騎士様かぁ……一度でいいから、私にも騎士様が現れてくれないかな?)

自分の窮地に颯爽と現れ、全てを解決してくれる騎士の存在にオリヴィアは子供の頃よりも憧れるようになっていた。

◇

一方。

リオンの噂はアンジェリカの耳にも届いていた。

報告を聞いたアンジェリカは、自分の顔を手で押さえて笑っている。

「私も人を見る目がないな。覇気がないと言ったが、王都に隠れ潜む空賊たちを退治して、学園の女子を救出だと? 立派な騎士じゃないか」

嬉しそうなアンジェリカの姿を見て、周囲の取り巻きたちは自分たちの意見を変える。

「本当に素晴らしい人ですね」

「五月のお茶会には、是非とも招待したいですわ」

手の平を返す取り巻きたちに、アンジェリカは若干嫌気が差していた。

(素直に自分の評価が間違いだったと認めて欲しいものだ。それよりも、ここまで出来る男ならば、

殿下の家臣に欲しい。田舎の男爵家に生まれたならば、余計な家同士の繋がりも薄いだろうからな）

リオンという人物が、騎士としても有能であると示した。

ならば、王都に招いてユリウスのために働かせたいとアンジェリカは考える。

（五月のお茶会は、多少強引にでも誘って殿下と話す時間を作ろう。今後のためにも、殿下は個人の戦力を集められた方がいい）

ユリウスが今後国を統治するためにも、リオンの力は有益だと考える。

アンジェリカは、リオン個人について思案する。

（能力は十分。となれば、残るは本人の品性だが——さて、どのような人物だろうな？　私も個人的に話してみたい）

何度か頷くと、アンジェリカは周囲にいる女性たちに命令する。

「五月のお茶会は、何としても殿下との時間を作りたい。他に誘われることがないように、釘を刺すのを忘れるなよ」

これだけ活躍したリオンだから、他の女子たちも黙っていないだろう。

アンジェリカ程ではないにしろ、実家が強い権力を持つ令嬢はいる。

そんな彼女たちに面会の機会を奪われるわけにはいかないと、強引な手に出る事にした。

女子の一人が困惑している。

「そこまでしますか？　田舎の男爵家出身ですし、殿下が招待すれば参加すると思うのですが？」

「そこまでする価値があるからな」

（殿下のために、有能な人材は多い方がいいからな）

ユリウスが王国を統治する際に、有能な部下は多い方がいい。

そのために、アンジェリカは学園に在学中から動いていた。

しかし、アンジェリカには少し気がかりがある。

（……あの特待生ばかりに夢中にならず、他にも目を向けてさえくれればな）

◇

リオンの話題が学園中に広まる頃。

ステファニーは自室で暴れ回っていた。

「あの役立たず共！」

苛立って家具を倒し、花瓶などを投げつけている。

荒れているステファニーを宥めようと、専属使用人たちが声をかけていた。

しかし、ステファニーはそれらを無視する。

「バルトファルトの糞野郎が、本当に余計なことをしてくれたわ」

空賊を使ってまでマリエに報復しようとしたが、逆にステファニーが追い込まれる形になってしまった。

リオンが介入するとは考えていなかったし、そもそも介入されたところで空賊たちが負けるなどと思っていなかった。

幹部のダトリーは、並の騎士では相手にならない空賊の猛者だった。

それなのに、アッサリと倒されてしまっている。

部屋で怯えているカーラは、今後を考え慌てていた。

「どうしましょう、お嬢様!?　このまま、空賊たちが口を割れば、私たちも――」

自分たちの名前を空賊たちが出すと、ステファニーたちも身の破滅を免れない。

ステファニーは、深いため息を吐く。

「もう手は打ってあるわ。余計なことを言えないようにしたから、心配しなくていいわよ」

――空賊たちを処分する方法などいくらでもある。

「え？　で、でも、全員牢に放り込まれたと聞きましたけど？」

「そうね。でも、やり方なんていくらでもあるわ」

理解できていないカーラが、目を白黒させている。

ステファニーは、既に捕らわれた空賊たちの事を見捨てていた。

「とにかく、今度はバルトファルトを徹底的に調べなさい。あの野郎、私に楯突くとか絶対に許さないわ」

（捕まった馬鹿たちは、牢の中で喋れないようにしないとね。王宮の役人に賄賂と毒酒を用意しておかないと）

# 第10話「最後の出会いイベント」

「無事で良かったな」

「う、うん」

空賊退治が終わった翌日の放課後、俺はマリエと顔を合わせていた。

夕方の中庭は人通りがまばらだ。

二人でベンチに並んで座り、今後について話をしていた。

マリエは俺に助けられたことに恩を感じているらしく、昨日と違って話を聞いてくれる態度はありがたい。

マリエは俺に礼を言ってくる。

「昨日は本当にありがとう。あのままだったら、私は本当に危なかったわ」

「――俺も悪かったよ。色々と言い過ぎた」

お互いに謝罪してこの話を終わりにしたかった。

マリエが中庭の庭園を見ながら、ポツポツと話をする。

「私、大学生の頃までは幸せだったのよ」

「そうなのか？」

「その頃に兄貴が死んでね。色々とあって、家を追い出されて不幸になったわ。というか、自分で不幸になった気がする」

マリエの話を聞いていると、どうしても妹の姿が思い浮かぶ。

顔も名前も思い出せないが、雰囲気が似ている。

マリエは俺に、前世のより詳しい内容を聞かせてくる。

「いい男を見つけて付き合っても、そのうちにみんな駄目になっていくのよね。夢を追いかけていた男たちが、ギャンブルに手を出して借金ばかり作ってさ。それを返済するために苦労していたわ」

夢を追いかける男？　まぁ、悪いとは言わないが、もっと手堅い男を選ぶべきだったな。

「だから、この世界で幸せになりたかったのか？」

「そうね。でも、うまくいかなくてさ」

マリエは俯きながら悲しそうに笑っていた。

だから俺は、マリエを手伝いたくなった。

「マリエ、まだクリスには接触していなかったよな？」

「へ？　う、うん」

「なら、試してみるか。ルクシオン、クリスの居場所を調べろ。他の四人は駄目だったが、まだクリスなら可能性があるだろ」

俺に命令されたルクシオンが、カメラアイを点滅させる。

『私としては、マスターとマリエが結ばれて欲しいのですけどね。――発見しました。訓練場にいます』

あの乙女ゲーでも、クリスはよく訓練場に入り浸っていたな。

俺は立ち上がると、マリエを急かす。

「ほら、行くぞ」

「行くぞって――本当にいいの？　前は、諦めろって言っていたじゃない」

「手伝ってやるよ。オリヴィアさんも、ユリウス殿下と仲良くやっているみたいだし、一人くらいおこぼれをお前がもらってもバチは当たらないだろ」

「――そ、そうね」

あまり気乗りしないマリエを連れて、俺たちはクリスのいる場所に向かった。

◇

丸太が並ぶ訓練場。

そこで剣を振り回している男がいた。

彼の名前は【クリス・フィア・アークライト】。

青髪のショートヘアーで眼鏡をかけたインテリに見えるが、実はホルファート王国で剣聖と呼ばれる武人の息子だ。

本人も若くして剣豪という称号を得ている武闘派である。

一対一の試合や戦闘に限れば、グレッグにも勝る人物だ。

あの乙女ゲーでは剣術以外に興味を示さず、色々と面倒くさい奴だったけど。

そんなクリスに、マリエが訓練場で声をかけて話をしている。

俺は物陰からその様子をうかがっていた。

「頑張れよ、最後のチャンスだぞ」

『本当によろしいのですか？　マスターは、マリエを好きだと思っていたのですが？』

「好きにも色々とあるだろ」

俺とルクシオンが見守る中、マリエはクリスにアプローチをかけていた。

だが、クリスが首を横に振っている。

「悪いが恋愛には興味がない。君とも付き合えない」

「――そうですか」

マリエがいい感じに声をかけたので、その手腕に感心していたのだが――結局、クリスはマリエに興味を持たなかった。

クリスは汗を拭いながら、マリエに疑った視線を向けていた。

「何を考えて私に近付いたのか知らないが、これでも婚約者がいる身だ。あまり他の女子生徒と親しくしていると、不義理になる。今後はあまり話しかけないでくれ」

正論で諭され、マリエは肩を落としていた。

「そうですよね。――ごめんなさい」

素直に謝罪するマリエに、クリスは拍子抜けという顔をしていた。

素直に引き下がったマリエに対して、何か思うところがあったのだろうか？

クリスは、マリエに少しだけ微笑みかける。

「言い方が悪かったな。どうにも私は不器用だから、女性の相手というのは苦手だ。こんな私よりも、他の男を見つけた方が君のためだ」

不器用なりに、マリエに気を遣っているのが感じられた。

あの乙女ゲーでは、他よりも冷たい印象を受ける攻略対象だっただけに意外だった。

話が終わると、クリスが木刀を振り始めた。

そんなクリスの邪魔をしないためか、マリエは俺のところに戻ってくる。

少し落ち込んでいたマリエだが、俺の前に来ると笑っていた。

「失敗しちゃった」

「――これで四連敗の全滅だな」

「そうね」

もう後がないどころか、試合終了だ。

攻略対象の男子――王子様以外に声をかけて回ったのに、マリエは何の成果も得られなかった。

そして、何かが吹っ切れたのか、急に声を張り上げ始める。

「というか、全員失敗とか酷くない!?　一人くらい、私の魅力に気付いてもいいでしょうに！」

何事もゲームのようにうまくいかないのだろう。

俺はルクシオンに視線を向ける。

「オリヴィアさんの方が順調なんだよな？」

『はい。ただし、現時点では誰を狙っているかは不明ですね。お二人の話から推測するに、満遍なく関係を深めている印象を受けます』

おかげで、誰もマリエに振り向かない——と。

マリエがオリヴィアさんに文句を言う。

「あの女、もしかして逆ハールートでも狙っているんじゃないの？　一人くらい、こっちに寄越しなさいよ」

怒りながらも、どこか寂しそうにしているマリエを見ていると悲しくなってくる。

だから、飯に誘うことにした。

「元気出せよ。夕食をおごってやるからさ」

おごってやると言われたマリエは、露骨に元気を取り戻すと涎《よだれ》を出していた。

随分と嬉しそうにしながらも、食い意地が張っていると思われたくないのか少しばかりの抵抗を見せる。

「ば、馬鹿にしないでよ。食べ物くらいで簡単に機嫌を直すと思っているの？」

「涎を拭いてから言ってくれ」

クリスから隠れて、マリエと話をしていると、訓練場にオリヴィアさんがやって来た。

「クリスさんも訓練ですか？」

「君も訓練か？」

「は、はい。実技もあるので、その前に練習しておこうと思って」

「そうか」

普段は誰に対しても素っ気ないクリスが、オリヴィアさんにだけは最初から笑顔を見せていた。

まぁ、気持ちは理解できる。

素朴な感じで優しそうなオリヴィアさんは、何というか包容力を持った女子だ。

明るく元気で――胸も大きなオリヴィアさんは魅力的な女子だ。

声をかけられたら、俺だって笑顔になるさ。

それに引き換え、マリエの性格の酷さと寂しい胸元よ。――そう思いながらマリエに視線を向けると、俺の意図に気付いたのか微笑みながら睨んでくる。

「おい、私のどこをあの女と比べた？」

マリエが酷く冷たい目をしていたので、視線をそらした。

「さてと――飯を食いに行くか」

「私の胸を見て、あの女と比べたでしょ！　ハッキリ言いなさいよ！」

段々と遠慮がなくなるマリエは、俺に対して感情をむき出しにしてくる。

だから俺も、マリエに対しては遠慮を捨てた。

「真実は時として人を傷つける。優しい俺には、事実を言うなんて無理だ」

「言っているのと同じじゃない！　ちくしょう！　やっぱり胸なの!?　男なんてみんな馬鹿野郎

よ！」

実際は大きさよりも形とか丸みなのだが、そのことは黙っておこう。

マリエの平らな胸には、形も丸みも関係ないのだから。

「あ～、苛々するわ。今日はステーキを十枚は食べてやるから！」

マリエの暴食宣言に、黙っていたルクシオンが忠告する。

『この前は十二枚を平らげましたよね？　マリエ、確かにその体は成長しませんが、脂肪は体に付きますよ。主に胸やお尻にではなく、お腹周りや二の腕に』

マリエはそれを聞いて大人しくなった。

「――ろ、六枚にしておくわ」

それでも六枚は食べるのか。

こんな女に、攻略対象の男子たちがなびくはずがない。

当初は色々と心配したが、今になって思えば無駄なことだった。

俺はマリエを急かす。

「ほら、さっさと行くぞ。俺も腹が減ったし」

「あ、待ってよ！」

# 第11話「五月のお茶会」

あの乙女ゲーの学園にて、新入生が女子たちをお茶会に誘うのは五月になってからだ。

どうして五月からなのか？

理由は知らないし、知りたくもないが、この時期にお茶会が頻繁に開かれるようになる。

本来なら適当に業者を入れて簡単に済ませるはずだったのだが、俺は少し前に運命的な出会いを果たしてしまった。

それは、男子たちに礼儀作法を教えるマナー講師——俺は〝師匠〟と呼んでいる。

最初こそお茶に興味もなかった俺だが、師匠のお茶を飲んで考えが変わった。

お茶……何て奥深い世界だろうか。

第二の人生で、こんなにも素晴らしい趣味に出会えるとは思ってもいなかったよ。

「俺は生まれ変わった」

お茶は素晴らしい文化だと気付かされた。

友人であるダニエルやレイモンドが、俺を冷めた目で見ているが気にしない。

「単純で羨ましい奴だよ」

「趣味が出来て良かったね」

どうにも二人の視線や口調に妬みが感じられる。

いったいどうしたのだろうか？

「どうしたんだよ？　今日はやけに突っかかってくるじゃないか」

学園にある中庭のベンチ。

三人で座って話をしていたのだが、二人と距離を感じてしまう。

レイモンドが眼鏡を怪しく光らせ、俺を見ていた。

「噂を聞いてね。専属使用人も連れていない上級クラスの女子と、随分と仲良くしているみたいじゃないか」

ダニエルが拳を作ると、妬ましさから涙を流していた。

「羨ましいぞ、この野郎！　俺たちにも紹介してください！」

俺のことは腹立たしいが、利用して女子を紹介してもらおうとしている。

そんなお前らが俺は嫌いじゃないが――ただ、この二人は根本的に間違っている。

「マリエのことか？　あいつとはそんな関係じゃないぞ」

俺がマリエの名前を出すと、二人が揃って「やっぱりあの子か」という顔をする。

相変わらず、レイモンドは俺とマリエの関係を疑っているようだ。

「どうだか。それに、女子に親しい知り合いがいるだけで羨ましいよ」

ダニエルは項垂れている。

「俺も専属使用人のいない女子とお近付きになりたい」

上級クラスで、専属使用人がいない女子というのは特別な存在だ。

レアリティで表記するなら星五つ？　もしくはＳＳＲやＵＲだろうか？

一般的な上級クラスの女子なら、専属使用人がいるからね。

マリエのように貧乏か――もしくは持てない理由があるか、だ。

「あ、殿下だ」

レイモンドが中庭にやって来たユリウス殿下たちに気付いた。

ユリウス殿下はいつも通り、乳兄弟のジルクを連れ歩いている。

その後ろには、殿下たちを追いかけている女子たちの姿が見える。

女子たちから黄色い声援を浴びるユリウス殿下とジルクだが、本人たちはあまり興味がないようだ。

追いかけてくる女子たちに、むしろ困っているような顔をしている。

――何と羨ましい立場だろうか。

「羨ましい連中だよな」

俺がそう言うと、レイモンドもダニエルも俺を見て舌打ちをした。

お前ら、俺をもっと大事にしろよ。――そんな風に思っていると、今度はダニエルが中庭にやって来た存在に気が付く。

「今度は特待生だ」

オリヴィアさんが登場すると、ユリウス殿下たちが近付いた。

その様子を見ていた俺たちだが、次に現れた人物を見て三人揃って頬を引きつらせる。

代表して俺が、やって来た人物の名前を口にする。

「アンジェリカさんまで来たのかよ」

ユリウス殿下の婚約者であるアンジェリカさんが来ると、場の雰囲気が一気にピリピリした物に変わった。

ユリウス殿下がオリヴィアさんと仲良くしているところに、婚約者が登場すれば修羅場を想像してしまうし、実際にそれは起きていた。

「殿下、お立場をお考えください！」

ユリウス殿下は、うっとうしいという感じでアンジェリカさんをあしらう。

「アンジェリカ、ここは学園だ。外での立場を持ち込むのは止せ」

「それでも限度というものがあります！　茶会に特待生だけを招くなど、殿下のお立場では考えられません！　今すぐ、お考え直し下さい」

婚約者の前で、特待生のオリヴィアさんをかばっている。

オリヴィアさんと出会い、そのまま五月のお茶会に誘っていたら婚約者のアンジェリカさんが来たのだ。

ゲームでは序盤のイベントシーンだが、こうして見ると本物の修羅場だな。

野次馬根性で続きも気になるが……逃げ出したい気持ちの方が勝る。

「美形はいいよな。婚約者の前で、他の女子と仲良くしていても許されるもん」

俺がそう言うと、ダニエルが素早く首を横に振っていた。

「いやいや、駄目だろ。それに、相手は特待生——平民だぞ」

レイモンドの方は、オリヴィアさんとユリウス殿下の関係を問題にしていなかった。

「側室に迎えるなら平民でもありじゃない？　前例ならあるよ」

前例を聞いて、ダニエルが驚いている。

「え、そうなのか？」

平民の女性を王宮に、というシンデレラストーリーもあるにはある。

だが、婚約者の前でこんな態度は——問題だろう。

こうして見ると、あの乙女ゲーの主人公って意外と悪女だよな。

静かに見守っていると、一団は解散した。

流れとしては、あの乙女ゲーのイベント通りにユリウス殿下がオリヴィアさんを庇《かば》っておしまいだ。

アンジェリカさんは、グヌヌみたいな感じで退散していた。

俺はベンチから立ち上がる。

「よし、俺たちも戻るとするか。——おい、何だよ？」

校舎に戻ろうとすると、ダニエルとレイモンドが俺の腕を掴んでいた。

「話の途中だろうが！」

「マリエさんとの関係について、詳しく聞かせてもらおうじゃないか。同じグループの仲間として、聞いておきたいからね」

貧乏男爵のグループ仲間。

誤解を解かないと面倒なことになりそうだ。

◇

――と、いうわけで、マリエに相談することにした。

そんなマリエだが、落ち込み具合が半端ではない。

「五月のお茶会、誰にも呼ばれなかった」

攻略対象の男子たちだけではなく、五月のお茶会を開く男子全員にスルーされたようだ。

マリエは椅子の上で膝を抱えている。

その様子を見て、ルクシオンが誘われなかった理由を考察する。

『マリエの場合、実家が酷すぎて男子がためらうのではありませんか？　将来のパートナーの実家に莫大な借金があるのは、大きなデメリットになると判断されたのでしょう』

ルクシオンの冷静な返答に、マリエは立ち上がって叫ぶ。

「そんな正論は聞き飽きたのよ！　もっと私個人を評価してよ！」

「無茶言うな」

貴族の結婚など、どう考えても政略結婚だ。

たとえ、愛し合っていたとしても、家の事情で結ばれないという話はいくらでもある。

身分違いとか、家同士の派閥違いとか、その他諸々の事情があるのだ。

「どうしてよ！　あの乙女ゲーの世界は、女子に優しい世界だったじゃない！」

「男はハードモードだけどな」

残念なことに、マリエにとってもハードモードだったね。

見ていて可哀想になってくる。

「それより、俺とお前の関係を友人たちに説明してくれ。恋人同士って勘違いされているからな。おかげで、知り合いの女子を紹介しろって五月蠅くてさ」

「あんた、もっと私に優しくしてよ！　――というか、紹介したら？」

「俺に女子の知り合いなんていないし」

「どういう意味だごらぁ！」

「痛っ！」

『二人とも楽しそうですね』

マリエに脛《すね》を蹴られた。結構痛い。

というか、こいつ小さな体からは想像できないパワーを持っている。

興奮しているマリエが落ち着くのを待ってから、俺は話を再開する。

「いや、だから――女子を紹介してくれそうな知り合いがいないって話だよ。ジェナ――姉貴は性格が悪いし、あいつの友人もきっと性格が悪いからな」

学園には俺の兄【ニックス】と姉の【ジェナ】がいる。

ニックスの方は騎士家が所属する騎士クラスで学んでいるため、そもそも上級クラスの女子との接点がない。

ジェナの方は、俺と同じ上級クラスに所属しているのだが――女子を紹介して欲しいと頼んだら「田舎の貧乏貴族なんて、私たちは眼中にないの」とか言いそうだ。

あいつ自身もその田舎の貧乏貴族出身なのにね。

俺がため息を吐くと、マリエが意外なことを言う。

「何なら、私が紹介してもいいわよ」

「え、出来るの!?」

驚いていると、マリエが俺を見て「あんた私を馬鹿にしすぎ」と怒っていた。

◇

貧乏男爵グループがよく利用する居酒屋に来ていた。

マリエが紹介してくれるという女子を連れてきており、店内の雰囲気はいつもと違った。

先輩、同級生――みんなが俺に怖いくらいの笑顔を向けてくる。

「リオン君、僕は君を信じていたよ」

「リオン、お前は最高の友達だ」

「何かあったら相談してくれ。お前のためになら出来る限りのことをするから!」

数日前まで、すれ違うと睨んできた連中の手の平返しに変な笑いが出てくる。

店内には、マリエの他に六人の女子がいた。

一人目は長い癖のある髪を弄《いじ》っている女子で、こちらに興味を持っていない感じがする。

二人目は、緊張して俯いている小柄な女子だ。

三人目は、髪もボサボサで、服も少し乱れているし、服に絵の具が付いている女子だった。

この三人に加えて、前回知り合ったマリエをいじめた三人が加わって六人だ。

俺はマリエに近付いて小声で話しかける。

「おい、あんな子たちをどこで見つけてきた？　いや、そもそも、お前をいじめていた三人も交ざっているんだが？」

「仲直りっていうか、普通に話す関係になっただけよ」

いじめていた連中と!?　こいつ本当に精神的にタフだな。

「そ、そうか。それで、新しい顔ぶれの子たちは？」

俺たちも女子の情報は集めていたのだが、参加した三人について詳しくなかった。

マリエは出された料理に手を伸ばしながら、新顔の三人について話をする。

「引きこもりの女子たちよ」

「引きこもり!?」

「髪を弄っているのは、物臭《ものぐさ》な子ね。緊張している子は、人が多いところが苦手だから、学生寮でいつも一人で勉強しているの。もう一人は芸術家肌で、他への興味が薄いのよね」

三人とも問題児だった。

だが、その話を聞いていたレイモンドの眼鏡が怪しく光る。

「マリエさん、皆さんに専属使用人がいない理由を聞いてもいいかな？」

ジュースを飲むマリエは、口の中の食べ物を胃に流し込んでから答える。

尋ねられると思っていたのか、特に気負わず話をする。

「そっちの三人は、単純に金銭的な理由で専属使用人がいないのよ」

言われた三人の女子――マリエをいじめていた子たちは、口を尖らせていた。

「悪かったわね。実家が貧乏で買えないのよ」

男子たちはそれを聞いて「いや、気にすることないよ！」とか言っている。

マリエは、残りの三人について話をする。

「残りの三人は、単純に興味がないの。緊張している子【エリー】は、亜人種が怖いみたい。物臭な【ベティ】は、単純に嫌いみたい。芸術家肌の【シンシア】は邪魔だってさ。三人とも、結婚したら家から出たくないそうよ。田舎だろうが都会だろうが関係ないし、引きこもれる環境を提供してくれるなら、結婚してもいいってさ」

髪を弄っている物臭な子――ベティは、働きたくないので使用人は必須。

緊張している子――エリーは、本が欲しいので定期的に書籍の購入が条件。

芸術家肌の子――シンシアは、絵を描かせてくれるというのが条件だった。

俺たちは、彼女たちの条件を聞いて戦慄《せんりつ》する。

――何その好条件!?

ダニエルが我先にと立ち上がった。

「俺、本気でアタックしてくる」

「待つんだ、ダニエル！　僕が先だ！」

喧嘩を始める二人を見て、俺はヤレヤレと首を横に振る。

「争うなんて醜いね。なら、主催した俺が一番に声をかけよう」

集まった面子《めんつ》の中で、誰に声をかけようかと思っていると――マリエが俺を睨んできた。

「何だよ？」

「別に」

顔を背け、また食事を再開するマリエをいぶかしんでいると――ダニエルとレイモンドが俺を見てドン引きしている。

「リオン、それはないぞ」

「そうだよ。最低だよ」

そんな二人の反応が信じられない。

「え、何で？」

結局、この日は集まった女子を巡ってグループ内で争いが起きた。

それくらい、彼女たちの条件がよかったのだ。

前世なら、問題児だったかもしれない三人もいたが、この世界では優良物件過ぎて、罠じゃないかと疑うレベルの女子たちである。

同じグループの男子たちが、声をかける順番を決めるため、殴り合いの喧嘩を始めたのはドン引きしたけどね。

俺も順番を決めようと、喧嘩に参加しようとしたが——俺一人だけは許されなかった。

——俺も誰かと話をしたかったのに、何故か周りに止められてしまった。

◇

五月のお茶会。

「結局、俺のお茶会に来たのはお前だけか」

用意したお茶とお菓子を前に、マリエは目を輝かせている。

早く食べたいのだろうが、まだお茶が用意できていないので我慢させている。

「別にいいじゃない。誰も参加しないよりはマシでしょ。それより、これって人気店のお菓子よね？一度食べてみたかったのよ～」

借りた部屋でお茶会を開き、女子を招待するのが五月のお茶会だ。

男子が女子を招待してもてなすのが、この学園での常識だ。

ルクシオンが部屋の中で浮かび、俺とマリエを交互に見ている。

『マスター、用意したお茶とお菓子が無駄にならずによかったですね』

「本当だよ。どいつもこいつも、攻略対象たちのお茶会に行くって浮かれまくってさ。ちょっと前に、

「俺が誘えば女子が沢山集まるとか言った奴、出て来いよ。全然集まらなかったじゃないか」

ダニエルやレイモンドも苦労していると聞いた。

今年は人気の高い男子が複数揃っていたし、彼らがお茶会を開く会場は広くてとても立派という話だ。

招待された女子も多くて、他の男子たちが割を食っていた。

――正直、ユリウス殿下たちと比べられても困る。

俺たちに勝てる要素が一つもないからな。

「本当にあの五人が羨ましいよ」

落ち込む俺をマリエが何か言いたそうに見ていた。

「何だよ？」

「あんた、あの五人と自分を比べて恥ずかしくないの？」

「大きなお世話だ。あの五人で逆ハーレムを狙っていたお前に言われたくない」

言いながら、用意したお茶を出す。

カップを両手で持つマリエは、お茶をチビチビと飲んでいる。

「あ～、あれね。今にして思うと成功しなくて良かったと思うわ。まぁ、どう頑張っても成功しなかっただろうけどさ」

「ようやく諦めたか」

逆ハーレム狙いなんて、どう考えても不誠実すぎる。

マリエはカップを置いて、ケーキの一つを食べ始めた。

「攻略対象の男子たちって、思っていたよりも魅力がないのよね。オリヴィアにだけはデレデレするし、ちょっと馬鹿だし」

自分をふったから、許せないだけではないだろうか？

ルクシオンがその評価に納得している。

『婚約者もいるというのに、主人公であるオリヴィアとよく行動を共にしていますからね。彼らには立場もあるでしょうに。――理解できません』

「ルクシオン、お前は何も理解していないな。マリエが言いたいのは、自分よりオリヴィアさんを選んだあの五人が許せない、だ。魅力云々なんて言い訳だぞ」

顔良し、財力良し、権力良し――全て揃ったような連中だ。

マリエがムスッとしながら反論してくる。

「性格だって大事な要素よ。あの五人は、それが駄目だって言いたいの」

「そうか？　評判はいいけどな」

そもそも、性格は二の次みたいに言っていたのはマリエである。

この時点で矛盾しているな。

ただ、あの五人に関しては、周囲がおべっかで褒め称えているだけかもしれないが、悪い噂は聞こえてこない。

マリエは入学当初よりも落ち着き、冷静になっていた。

「というか、よく考えると付き合うとか無理よね。聞いた？　ブラッドのお茶会の会場は、王都にある庭園を貸し切りにするのよ」

「あ〜、ゲームではそんな感じだったな」

「あれ、ゲームならありだけど、リアルだとなくない？　一回のお茶会に、一体いくら使うのかしらね」

金銭的な話になると、こいつも俺と同じ庶民だと実感できる。

だが、そんなマリエに俺は教えてやる。

お前が食べているお菓子も、相当な値段がするのだ、と。

「ちなみにだが、今お前が食べているお菓子やらお茶やら——全て合計すると結構な金額になるぞ」

この世界のお菓子って結構高いんだよね。

俺が用意したお菓子も、職人にわざわざ作らせているのでお値段もそれなりにする。

それを聞いて、マリエの目が見開かれた。

「そ、そんなに!?」

「人気店の職人に、特注で作らせると金がかかるんだよ」

金額を知ったマリエが、真剣な表情でとんでもない事を呟く。

「それだけあれば、下着や靴下が沢山買えるのに——」

それを聞いた俺とルクシオンは、耳を疑ってしまった。

「な、何だって？」

『——下着や靴下に問題でもあるのですか？』

すると、マリエは顔を赤くして現状を話し始める。

「私、成長が止まったから、ずっと同じのを使い回していて——その——靴下に穴があっても、買い換えられなくて——何とか自分で修理して繕《つくろ》っている感じで」

マリエは恥ずかしそうにしていたが、俺はそれよりも不憫すぎて泣きそうだ。

「お、お前は、それを先に言えよ！」

お茶会云々よりも、先にそっちの問題を解決するべきだろう。

マリエが涙目になっている。

「こんな恥ずかしい事を簡単に言えるわけがないでしょうが！」

厳しい生活から抜け出すために、こいつも必死だったのだろう。

マリエが机をバンバン叩く。

「お前は成長しないから、買い換える必要が無いって家族に言われた私の気持ちがわかるのかよぉぉお！」

流石に酷すぎるな。

同情した俺は、すぐに街へ出ようと提案する。

「とりあえず落ち着けよ。この後に街に出て買い物をしよう。とにかく、必要な物だけは急いで揃えよう」

すると、マリエがグズグズと言い出す。

「お金がないのよ。もうすぐ、冒険パート——違った。ダンジョンに入れるようになるから、その時に稼ごうと思っているの。だから、しばらくはこのままよ」

『ないなら自分で稼ぐ。素晴らしい精神ですね。安易に犯罪に走らないのも評価します』

ルクシオンがマリエを素直に評価していた。

こいつ、マリエにだけ甘くない？

「え？　そうか？　こいつ、貧乏から脱出するために、逆ハーレムを目指した女だぞ」

『——マスターは、もっとマリエを見習った方がいいですね』

俺に逆ハーレムでも目指せと？

男ならハーレムか？　この世界でハーレムはないな。

やったら顰蹙《ひんしゅく》を買うし、そもそも女性陣が酷い。

姉貴みたいな女を囲うくらいなら、独り身の方がマシだ。

もっとも、独り身というのはこの世界だとデメリットが多すぎて、選択できないのが悔しい。

マリエが暗い表情でブツブツと呟いている。

「せめて必要な物くらい買えるように頑張らないと。——私、ダンジョンに入れるようになったら、毎日ダンジョンで稼ぐわ。独立するためにお金が必要なの」

——こいつ、本気で毎日のようにダンジョンに挑みそうだな。

「必要な物くらい買ってやるから、ダンジョンに毎日入るとか馬鹿な真似は止めろ」

買ってやると言うと、マリエが両手を握って笑顔になる。

脇をしめたあざといポーズをしていた。

「いいの!?」

「年頃の女の子が、穴あき靴下とか不憫すぎるからな。それくらいの金は出してやる」

ルクシオンが俺をからかってくる。

『おや、照れ隠しですか？　素直にマリエが可哀想と言えないのですか？』

「――五月蠅い」

マリエは不安が一つ消えたおかげで、そのまま笑顔でお茶とお菓子を楽しんでいた。

◇

街に出た俺たちは、マリエの買い物に付き合うことになった。

マリエが女性物の衣類を扱う店に入ったので、俺とルクシオンは外で待つことに。

その間、俺は姿を消したルクシオンと話をしていた。

「マリエの境遇には驚かされてばかりだな」

『想像以上でしたね。――ラーファン子爵家ですが、このまま放置するのは危険だと判断します。マリエのためにも、何らかの手を打つべきです』

「お前はあいつに甘くない？」

『確かに甘いのでしょうね。ですが、マリエも貴重な旧人類の血を引く人間ですから』

「そうかい」

一度会話を区切った俺は、大通りにある店の一つが気になった。

「あそこ、前にマリエが足を止めた店だよな？」

『はい。ドレスと小物を扱う店ですね。オーダーメイドでドレスを仕立ててくれるみたいですよ』

マリエが随分と気にかけていた店だ。

ショーウィンドウや店内の様子を見れば、取り扱っている商品は質も良いが相応の値段がする物ばかり。

これではマリエに手が出せないだろう。

「――靴下も買えない女が、ドレスなんて夢のまた夢だよな」

『そうですね』

俺は少し考えて、マリエが戻ってくる前にその店を覗いてみることにした。

◇

四月に劇的なことが続いたが、以降は大人しいものだった。

モブの俺に大きなイベントが立て続けに起きるわけもなく、平凡な日々を過ごしている。

普通に学園生活を送り、普通にダンジョンに挑みお茶会の費用を稼ぐ――そうした日々が続いていたら、いつの間にか一学期が終わろうとしていた。

気が付けば、お茶会を開いても毎回顔を出すのはマリエだけ。

時折、次女のジェナが冷やかしに来るくらいだ。

――今日のように。

「愚弟、あんた本気でマリエと結婚するつもり？」

「はぁ？」

お茶のおかわりを用意している俺に、ジェナは興味なさそうに話を振ってくる。

「あの子を毎回お茶会に招いているでしょ。今日はいないみたいだけど」

「今日はジェナが来るから遠慮したんだろ」

そう言うと、ジェナが小さくため息を吐く。

そして、マリエの問題点について話し始める。

「あの子自身は問題なくても、あの子の実家は面倒よ。馬鹿みたいに借金を抱えているって話じゃない」

お菓子を食べながら言うジェナの真意が、俺には理解できなかった。

まるで、俺に釘を刺しているようだ。

いや、ジェナなりに俺を心配しているのだろうか？　それとも、マリエの問題に自分が巻き込まれるのを警戒しているとか？　きっと後者の方が理由だな。

「あいつとは恋人のような関係じゃない。友達だよ、友達」

お互いに、元日本人の転生者同士だ。

この世界では、誰よりも話が合う。

前世日本人の感覚って、この世界だと微妙に通用しないからね。

素直に答えたが、ジェナは俺を疑っているようだ。

「ま、苦労するのはあんただから、どうでもいいけどね。――私は止めたからね」

警告したぞ、という態度のジェナは、俺とマリエが親しくしているのを快くは思っていなかった。

「――俺のことよりも、姉貴の結婚話はまとまったのか？」

「あんたと違って選び放題よ。今も数人から言い寄られているわ」

「羨ましい話だな」

ジェナは都会かぶれで性格が酷くなったが、それでも男子が声をかけてくる。

見た目は――身内贔屓《びいき》もあると思うが、悪くないと思う。

実家であるバルトファルト家は、俺が投資したおかげで借金もなくなり現在は大きく発展中だ。

田舎の男爵家なので、下手な派閥などの関係もない。

学園の男子にとっては、ジェナは優良物件らしい。

こんな酷い女でも優良物件なんて、何て酷い世界だろうね。

ジェナが俺を責めてくる。

「あんたがあの子と親しくなかったら、言い寄る女子もいたでしょうに。せっかく空賊を捕らえて手柄を立てたのに、マリエとずっと一緒にいるから勘違いされたのよ」

「――それは失敗したな」

マリエと一緒にいなければ、俺にもチャンスがあったのか!?　そう驚いてみせるが、ジェナには白々しく見えたようだ。

「たいして残念に思っていない癖に」

「本気で残念がっているんだけどね」

「心にもないことを言っているわね。あんた、昔からつかみどころがない感じだったけど、学園に来てから余計に酷くなっていない？」

あの乙女ゲーを知っている俺の行動は、ジェナにとっては不可解に見えるのだろう。

俺はこの手の話題を避けたいので、少しばかり強引に話を戻す。

「それより、マリエの実家はそんなにまずいのか？」

話を逸らされたとジェナも気付いているのだろうが、問い詰めたいとは思っていないようで俺の質問に答えてくれる。

「噂でしか知らないけど、最悪とは聞いているわ」

◇

貴族の通う学園では、長期休暇を前に学年別のパーティーが開かれる。

その趣旨だが、生徒たちにパーティーのマナーを教えるのが目的らしい。

また、同年代と広く関われるように、という建前もあるようだ。

そんなパーティーだが、女子たちにとっては着飾れるチャンスである。

おのおのがドレスを用意して着飾り、パーティーで目立とうとする日でもある。

お金がない女子のために、レンタルも行われているのだが――マリエの場合は、借りるためのお金すらない状況だ。

「うわぁぁぁ!! やっぱりダンジョンに入ってお金を稼げば良かったよぉぉぉ!!」

夜のパーティーまで残り数時間となり、マリエはダンジョンに入らなかったことを後悔していた。

やはり、パーティーには制服ではなくドレスで参加したかったらしい。

校舎裏で悔し涙を流しているマリエを見つけた俺は、紙袋を持って近付く。

「そんなことだと思って、ドレスを用意してやったぞ」

すると、マリエが顔を上げた。

しかし、喜んではいなかった。

俺が用意したドレスと聞いて、センスを疑ってくる。

「あんたが選んだの？ というか、そもそもサイズとかわからないでしょ？」

その問題に答えてくれたのは、ルクシオンだ。

『マリエの体形に関する正確な数字は、私が知っているので問題ありません』

「私のプライバシーを何だと思っているの？」

俺は少し強引に、マリエを校舎内へと連れて行く。

「ルクシオンに数字を書いたメモを用意させて、それを店に渡した。俺は見ていないから安心しろよ」

これなら問題ないだろうと思ったのに、マリエが不機嫌になる。

「それ、私に興味がないって意味よね？　馬鹿にしているの？」

「――どう言えば正解になるのか教えろよ。というか、もう時間がないからさっさと着替えるぞ」

◇

学園には女子のために衣装室――着替えを手伝う人やら、髪のセットやメイクを手伝う人たちがいる部屋が存在する。

女子にとっては至れり尽くせりだが、もちろん男子にはそういった人たちは存在しない。

事前に予約を入れれば、着替えを手伝ってくれるから頼んでおいた。

俺が待っていると、着替えが終わったマリエがやって来る。

「ど、どうかな？」

「――似合っているよ」

冗談を言わずに褒めると、マリエが俯きながらも頬を染める。

着替えたドレスは、マリエが店先で眺めていた物だ。

それをマリエのサイズに調整してもらい、小物も揃えておいた。

マリエが憧れていたドレスである。

ここで茶化すのは流石にまずいので、感想だけを言って俺は口を閉じた。

俺だって、この場の空気くらい読める。

すると、化粧をしたというのにマリエが涙目だ。

「は、初めてこんなドレスを着たわ」

夜の店で働いていたと聞くが、そこで着ていたドレスとも違うのだろう。

「良かったな。それじゃあ、そろそろ行こうか」

手を差し出すと、マリエが俺の手を掴む。

◇

広い会場で行われるパーティーは、生徒だけが参加するにしては豪華だった。

立食パーティーで、並んでいるのは一流シェフたちの料理だ。

会場内は生演奏が流れており、前世でもこれだけのパーティーに参加した記憶は無い。

そもそも、パーティーと縁がなかったからな。

「異世界って凄いよな」

「ほうね！」

口いっぱいに料理を詰め込んだマリエを見る。

買ったばかりのドレス姿で、おいしそうに料理を食べている。

可愛い感じに仕上げられたドレス姿で、何てことをしているのか？　だが、楽しんでいるようなので、俺からは何も言わないことにした。

それよりも、俺はこの状況に文句を言いたい。

「ところで、どうして俺は、お前と二人きりなのかな？　本当なら、今頃はダニエルとレイモンドとナンパをする予定だったのに」

「――私を一人残してナンパとか、心が痛まないの？」

ダニエルもレイモンドも、マリエが紹介してくれた女子たちと一緒でこの場にいない。

本当なら、あの二人と一緒に女子に声をかけて回る予定だった。

しかし、もう狙っている子たちがいるからと言って、俺との約束を反故《ほご》にした薄情な奴らである。

自分たちだけ、さっさと相手を見つけて過酷な婚活レースから逃げ切ろうとしている。

――そんなの我慢ならない。

邪魔してやろうかと考えていると、マリエが手に皿を持って料理を山のように載せながら視線をある場所に向けていた。

「――凄い光景よね」

マリエの呟きには、羨望が滲み出ていた。

視線の先を追うと、そこにいたのはユリウス殿下と――オリヴィアさんだ。

制服姿のオリヴィアさんは、ユリウス殿下以外の男子たちにも囲まれている。

有名人である五人に囲まれたオリヴィアさんは、周囲の視線を集めていた。

俺はマリエに尋ねる。

「未練でもあるのか？」

まだ諦めていなかったのかと思っていると、マリエは首を横に振る。

「馬鹿ね。住んでいる世界が違うと思っただけよ。そもそも、私とあの五人じゃ価値観が合わないわ」

マリエが驚くような贅沢も、あの五人からすれば普通や慎ましいというレベルだ。

オリヴィアさんを羨ましく思いながらも、マリエは諦めがついているようだ。

「理解してくれて助かるね。これで、オリヴィアさんの邪魔者はいなくなったわけだ」

主人公であるオリヴィアさんが、五人の内の誰かと結ばれたら世界も救われる。

イレギュラーさえなければ、あの乙女ゲーのハッピーエンドが迎えられる。

大きな不安要素は消えるわけだ。

パーティー会場の壁際で、俺たち二人は貴族たちのパーティーを眺めていた。

煌《きら》びやかな別世界を前に、考えさせられる。

異世界以前に、俺たちとユリウス殿下たちは、住んでいる世界が違うのだと。

彼らと同じ世界に存在しながらも、俺たちの間には大きな溝があるように感じられた。

「――あ」

マリエが声を出すと、ユリウス殿下にアンジェリカさんが声をかけていた。

オリヴィアさんを睨み付け、二人を引き離そうとしている。

◇

「殿下、側に置く者はもっと選ぶべきではありませんか？」

「学園に外の関係を持ち込むなと言ったはずだ」

パーティー会場でユリウスに詰め寄るアンジェリカは、この日のために用意したドレスに身を包んでいた。

用意したドレスは、ユリウスの気を引きたくて少し前から特別に用意させた物だ。

褒めてくれるだろうか？　そんな気持ちを抱いてパーティーに参加したのに、ユリウス本人は自分をないがしろにする。

そればかりか、制服姿のオリヴィアを他の貴公子たちと囲んでもてはやしていた。

嫉妬心がないとは言わない。

しかし、その行動は周囲から悪い意味で目立っていた。

ユリウスは自然とオリヴィアを庇っている。

アンジェリカとオリヴィアの間に体を入れて、視線を遮っていた。

それがアンジェリカにはたまらなく許せなかった。

ユリウスの背中で、オリヴィアが視線をさまよわせている。

（どうしてお前が――そこは私がいるべき場所なのに！）

許せないのは、自分がいるべき場所を奪ったオリヴィアが困っているように見えるからだ。ユリウスの側に立つというのが、どんな意味なのか理解していない態度が余計に腹立たしい。

「――特待生、私は前に忠告したな？　それがお前の答えか？」

オリヴィアに問い質すと、本人が答える前にユリウスが口を挟む。

「オリヴィアに何かしたのか？　アンジェリカ、俺は外の立場を持ち出すのは好きじゃないと言ったはずだが？」

ユリウスにそう言われてしまうと、アンジェリカはこれ以上何も言えなかった。

普段から学園の一生徒として過ごしたいと言うユリウスの望みもあり、これ以上立場を振りかざせば不興を買ってしまう。

アンジェリカもユリウスの願いは叶えてやりたい。

だが、もう少しだけ自身の立場を理解して欲しかった。

周囲に視線を巡らせれば、オリヴィアを囲む貴公子たちの姿は悪い意味で注目を集めている。

「殿下たちはあの平民に夢中ね」

「羨ましいですわ」

「――平民の癖に」

自国の王子や貴公子たちが夢中になるのは、婚約者や学園の女子ではなく平民だった。そのことが、学園の女子たちのプライドを酷く傷つけている。

アンジェリカも傷つけられた内の一人だ。

「――ならばせめて、他の者たちとも会話をしてください」

せめて他の生徒たちと交流して欲しいと願うが、ユリウスはそれを煩《わずら》わしそうにする。

「気が向いたらな」

学生のパーティーを遊びの場と捉えているユリウスは、普段の堅苦しいパーティーのような振る舞いは避けていた。

アンジェリカは手を握りしめる。

(ここは遊びの場ではなく、あなたにとっては将来に関わる重要な場所だと何故理解してくれないのですか)

◇

ユリウス殿下とアンジェリカさんの修羅場が続いていた。

生演奏を聴きながら展開される痴情のもつれに、マリエは妙に興奮していた。

この状況を楽しんでいるようにも見える。

「ねぇねぇ、よく考えると、婚約者の前で他の女とベタベタするのってなくない？　よく考えなくても、婚約者のいる男にすり寄ったら駄目よね？」

それはお前が言っていい台詞ではない。

少し前まで、その駄目なことをしていたのがお前だよ。

「お前は鏡でも見たらどうだ？　でも、その意見には賛成かな。ギスギスするから、ここで喧嘩しないで欲しいよな」

あの乙女ゲーのシナリオだから仕方がない。

そう言ってしまえばそれまでだが——確かに酷い話だよな。

アンジェリカさんは悪役令嬢という立場だが、主人公であるオリヴィアさんと敵対する相応の理由があるわけだから。

実際に目の前でイベントを見ていると、俺には疑問が出てくる。

「婚約者を捨ててまで自分を選ぶ男って、そんなに魅力的なのかな？」

オリヴィアさんは、この状況をどのように思っているのだろうか？

俺には女性の気持ちがわからないが——この状況を楽しんでいるとしたら、性格に問題があるように思える。

——あの乙女ゲーの主人公が、そんな性格をしているとは思いたくないけど。

マリエが女性目線で、この状況を語る。

「でも、好きな子が出来たら婚約者を捨てる、って——言い換えたら、もっと魅力的な女が出て来たら、その子も捨てるって公言しているようなものよ。私だったらドン引きするわ」

「女なら憧れるシチュエーションだろ？」

「憧れと現実は違うのよ。一時的に盛り上がっているから、勘違いしちゃっているだけ。冷静になったら、後で絶対にないわ〜って後悔するパターンよ」

確かに、リアルだとそれってどうなの？　と思うよね。

本人たちは禁じられた恋！　と盛り上がっているかもしれないが、周りは盛り下がって仕方がない。

今も修羅場を前に男子たちは緊張し、女子たちはこの後の展開に期待しているような目を向けている。

ただ、マリエが正論を言うとギャグに聞こえる。

「逆ハーレムを考えていた誰かさんに聞かせたい台詞だな」

笑ってやると、マリエがポカポカと俺を叩いてくる。

「何よ！　文句があるなら言いなさいよ！」

「別にないね。俺もお前の意見に同意するよ」

二人で盛り上がって喋っていたのだが――妙に会場内が静かだった。

周囲を見ると、俺たちに視線が集まっていた。

「え？　あれ？」

俺の近くに隠れているルクシオンが、小さな声で状況を説明してくれる。

『先程、ユリウスとアンジェリカとの言い争いに会場の全員が聞き耳を立てていました。演奏の休憩と切り替えのタイミングもあり、静かになったところでお二人の会話も盛り上がっていましたね』

――つまり、周りの人間に俺たちの会話が聞かれてしまった、と。

俺とマリエは、冷や汗を流した。

何しろ、会場の視線全てが俺たちに集まっている。

マリエが俺の腕を引っ張る。

「ど、どうするの？」

マリエに問われた俺は、少し考えて――そのまま、マリエの手を取って会場内から逃げ出した。

「逃げるからついて来い！　――皆様、大変失礼しました！」

「しました！」

二人揃って会場内を逃げ出すと、その後に生演奏が再開されていた。

――遅いよ！　もっと空気を読もうよ！

会場から逃げ出した俺たちは、息を切らして互いに文句を言う。

「お前、どうするんだよ！　目立っていただろうが！」

「私のせいにしないでよ！　それより、料理を全種類食べられなかったじゃない」

色気よりも食い気とか――こいつは本当にポンコツな転生者だな。

外に出ると辺りは暗かった。

ルクシオンが一つ目を光らせ周囲を照らす。

マリエは会場を振り返ると、名残惜しそうにしていた。

「もっと楽しみたかったわ」

残念そうに項垂れる姿に、俺もちょっとだけ罪悪感がこみ上げてくる。

こいつはこいつで、パーティーを楽しみにしていたからな。

「学園にいれば、パーティーに出る機会は沢山あるぞ」

「私がパーティーに出られる機会って今後増えると思っているの？　私の実家がどれだけ酷いか忘れたみたいね」

マリエの実家であるラーファン子爵家は、莫大な借金をしている家だ。

そんなマリエに結婚の話が来ればいいが、最悪の場合はずっと実家で飼い殺しになる可能性すらある。

そうなれば、パーティーに出られる機会などほとんどないだろう。

マリエの話が本当ならば、実家で奴隷のようにこき使われる未来が待っている。

——俺は話題を変えることにした。

「まぁ、それは今度にでも話をするとして——」

終業式前のパーティーが終われば、夏期休暇が待っている。

「——それより、お前の夏期休暇の予定は？　実家に戻るのか？」

聞くと、返ってきた答えが酷かった。

「実家に私の居場所はないわよ。帰ったところで、邪魔者扱いでしょうね。それなら、学園に残ってダンジョンに挑むわ。夏期休暇の間に、学園生活を楽しむお金を稼ぐの！」

やる気を見せるマリエを見て、俺は言葉が出て来ない。

これが学生の夏休みの過ごし方だろうか？

しばらく沈黙が続き、俺は我慢できなくなってマリエを誘うことにした。

「都会じゃないけど、うちの実家に来るか？」

「あんたの実家？」

「長期休暇に自分の領地に戻る予定だ。そこさ――温泉があるんだ」

「温泉！」

急に喜ぶマリエを見て、少しだけ安堵した。

「それだけじゃないぞ！　なんと――米もあるんだ」

「こめぇぇぇ！」

驚喜するマリエは、その場で走り回った。

俺たち転生者にしてみれば、元の世界の主食を食べるというのは嬉しい話だ。

マリエも大喜びだった。

「お味噌は！　醤油は!?」

「いや、それはまだ無理。発酵食品は時間がかかるし」

それを聞いて「え〜」と残念がるマリエを見て、ルクシオンが俺の横でグチグチ言い出す。

『マスターが天然物にこだわらなければ、私がすぐにでも用意しましたけどね。発酵食品を通常の手順で用意するのは、時間と手間がかかると説明しても納得しないマスターが悪いのですよ』

そうして用意された物は、栄養素とか味が同じ別の何かにしか思えない。

「俺は天然物が食べたいんだ」

「私は天然物がいいわ」

意見がかぶると、俺たちは顔を見合わせる。

ちょっと照れくさく、互いに顔をそらした。

ルクシオンは『そうですか。それではあと一年はお待ちください』と言っていた。

こいつ凄いな。

あと一年で味噌も醤油も用意できるらしい。

——もっと早く出来ないものだろうか？

マリエは長期休暇が楽しみだとはしゃいでいると——こけた。

「おい、大丈夫か？」

「痛っ——ヒールの高い靴を履いたのは久しぶりだから、足を痛めたかも」

どうやら、靴擦れも起こしている。

足首を自分で魔法を使って治療しているマリエを見て、昔を思い出した。

前世の妹が、足が痛いとか言って泣いて動かなかったことがある。

放置して帰ったが、しばらくして心配になって戻ったのだ。

——あいつ、疲れて寝ていた。

それを思い出し、治療が終わったマリエに背中を向けて屈む。

「ほら、送っていくから乗れよ」

「気が利くじゃない。女子寮までお願いね」

マリエは俺の背中に跳び乗ると「ほら早く！」と急かしてくる。

先にお礼くらい言えよ！

――お前はどこまで俺の妹に似ているんだ？

◇

マリエは、リオンに背負われて昔を思い出していた。

暗い学園内の道を、ルクシオンが照らしている。

(昔を思い出すわ。そう言えば――兄貴にもこうしておんぶしてもらったわね)

あの腹立たしい兄を思い出す。

自分のせいで死んでしまってからは、ずっと後悔していた。

前世の出来事を思い出して、リオンの背中に強く抱きついた。

「おい、痛いぞ」

文句を言うリオンが、どこまでも兄に似ているのが腹立たしくて――それが嬉しかった。

「……本当にムードを理解しない奴よね」

「悪かったな」

返事まで兄を連想させるリオンに、マリエは複雑な感情を抱く。

涙が出て来て、恥ずかしくなってリオンの背中に顔を埋《うず》める。

(結局、私は兄貴がいないと駄目だったわね)

兄が死んでから自分の人生は狂った。

口が悪く、性格も――悪かったが、根は優しい兄だった。

そんな兄とリオンが重なって見える。

だが、マリエは思うのだ。

（兄貴も転生とかしているのかしら？　――今度は幸せになっているといいわね）

若くして死んでしまった兄を思い出し、空を見上げると月が綺麗だった。

一瞬、リオンが前世の兄なのではないか？　そんなことを考えるが、死んだ時期やら二人揃って同じ異世界に転生するなどあり得ないと考える。

「ねぇ、あんたの実家ってどんなところ？」

「ノンビリした田舎だな。何もないけど、俺は好きだね」

「あんた、都会とか苦手そうよね」

「ゴミゴミしたのは嫌いだからな。ついでに、忙しく働きたくないから都会は嫌いだ」

「うわ、駄目人間の台詞だ」

（兄貴もそんなことを言っていたわね）

リオンの背中で、マリエはこれまでを思い出す。

あの乙女ゲー世界に転生して、がむしゃらに幸せを求めて努力してきた日々。

攻略対象の男子たちと付き合い、結婚して幸せになると決めていた。

その願いは叶わなかったが、今は悪くないと思っている。

（攻略対象を口説き落とそうと思ったけど――何か気乗りしないのよね。王子様たちと、私じゃ釣り

合わないし）

攻略対象の男子たちを口説くのに、マリエはどうにも本気になれなかった。

その理由に、今気付いてしまう。

（私って男の趣味が悪かったのね。まさか、兄貴みたいな人が好きだったとか人生二度目にして衝撃の事実だわ）

リオンと会話をしながら、そんなことを思うマリエだった。

◇

リオンとマリエが抜け出したパーティー会場では、ステファニーが紫色の豪華なドレスを着用して取り巻きたちと過ごしていた。

現在はユリウスとアンジェリカの言い争いも終わっている。

「随分と面白い余興だったわね」

二人の修羅場を余興呼ばわりするステファニーに、地味なドレスを着用しているカーラが周囲を警戒する。

「お嬢様、周りに聞かれたら困ります」

「いいのよ。今日の出来事で、アンジェリカはその立場を崩したわ。次期王妃様もこうなると憐れよね」

クスクス笑うステファニーの視線は、アンジェリカに従っていた大貴族の娘たちに向かっていた。

不甲斐ないアンジェリカに対する不信感を持った目をしている。

カーラには理解できない世界らしく、その反応が信じられないようだ。

「相手は公爵令嬢ですよ。これくらいで、立場が揺らぐとは思えませんけど？」

「そうね。だから、まだ不満を持たれる程度で済んでいるけど——もし、間違いでも起きて婚約破棄されようものなら、あいつは実家ごと叩き落とされるわよ。あのアンジェリカが、地に落ちる姿を見てみたいわね」

生粋《きっすい》のお嬢様——姫と呼んでも間違いないアンジェリカが、立場を失う姿を想像してステファニーはほくそ笑む。

現在、アンジェリカの実家であるレッドグレイブ公爵家は、ホルファート王国内で多くの貴族たちを束ねる最大派閥の長だ。

その結束力があるのは、アンジェリカとユリウスの婚約に理由がある。

ユリウスという権威があるからこそ、レッドグレイブ公爵家は王国内でトップに躍り出ていた。

だが、これがなくなれば？　——これまで指を咥えて見ていた他の派閥が、勢いを取り戻して派閥争いが激化するだろう。

その際、レッドグレイブ公爵家は王宮内での立場を失ってしまう。

これまで通りには振る舞えなくなる。

公爵家という立場だろうと、求心力を失えばこれまで通りに振る舞えない。

ステファニーは、ユリウスたちに囲まれるオリヴィアを睨む。

「平民の女は気に入らないけど、少し様子を見ましょうか。それより、マリエと一緒にいたのが、バルトファルトよね？」

カーラが怯えながら頷く。

「はい。あ、あの、私たちの秘密に気付いているんじゃありませんか？」

自分たちが空賊と繋がっているのを知られているのではないか？

そんな不安をステファニーは一笑する。

「こっちは王宮内にも伝手《つて》があるのよ。あいつらの証言なんて、いくらでももみ消せるわよ。それよりも、私に逆らったのが許せないわ」

ステファニーは、自分の人差し指を舐める。

「――アンジェリカの方は様子見だから、次はマリエとバルトファルトをいたぶって遊ぼうかしら」

# エピローグ

終業式が無事に終わり、実家に帰る日になった。

港には親父が迎えに来てくれている。

俺は時間通りに来ないマリエを待っていた。

「あいつ、こんな日に遅刻かよ」

ニックスもジェナも、二人とも既に港に向かっていた。

ルクシオンは、マリエが来ない理由を考えている。

『支度に時間がかかっているのでしょうか？』

「女は時間がかかるからな」

『もしくは、寝坊ですかね』

「あり得るな」

——ただ、朝から妙な胸騒ぎがしている。

どうにも落ち着かなかった。

そんな俺の焦りをルクシオンも感じ取ったようだ。

『迎えに行きますか？』

「そうだな。でも、俺は女子寮には入れないし」

そんな話をしていると、俺たちの目の前を女子たちが私服姿で通り過ぎた。これから実家に戻るのだろうか？　それとも王都で遊んで過ごすのか？

そんな彼女たちの予定も気になるが、それよりも会話の内容が気にかかる。

「いい気味だったわよね」

「図々しかったから、スッキリしたわ」

「パーティーで目立ちすぎたのが悪いのよ」

意地の悪そうな三人組の女子には、専属使用人が付き従っていた。

俺はその会話の内容を聞いて、悪い予感がする。

パーティーで目立った？　それにスッキリ？　それはまるで、パーティーで悪目立ちした俺たちに対する言葉に感じられた。

まさか、マリエに何かしたのか？

「――ルクシオン、すぐにマリエを捜せ！」

『了解しました』

俺が駆け出すと、ルクシオンが先に女子寮の方へと向かった。

◇

寝癖を残したマリエは、旅行鞄を持ちながら走っていた。

「寝坊したぁぁ！」

昨晩は緊張して寝付きが悪かった。

リオンの家族に会うと思うと、どんな挨拶をすればいいのかと悩んだら寝付けなかった。

――それに、嫌な予感がした。

おかげで寝たのは随分と遅い時間だった。

そして、起きたら待ち合わせ時間の少し前。

「はうっ！」

大急ぎで支度をして部屋を飛び出したマリエは、曲がり角で女子生徒とぶつかった。

倒れたマリエはすぐに起き上がる。

「いたたた――あ、大丈夫!?　ごめんね。急いでいたから――え？」

ぶつかった相手も倒れており、マリエが手を差し伸べる。

だが、その女子生徒はマリエの手を取らず、一人で立ち上がった。

怒っているのだろうか？　相手の顔を覗くと、その瞳を見てマリエはゾッとした。

暗い瞳をした女子生徒は、オリヴィアだった。

マリエに対して酷く警戒した態度を取っている。

無言で距離を取ると、そのまま背を向けて歩き出した。

マリエは、自分が冷や汗をかいていることに気が付いた。

「な、何よ。何なのよ」

――凄く怖かった。

普段はニコニコしているイメージのオリヴィアが、無表情でとても濁った瞳をしていた。

マリエはオリヴィアの姿を見て心配する。

(なんだろう。まるで全てを憎んでいるような――あんな目をした子を何人か見てきたけど、何かあったのかな?)

オリヴィアを追いかけようとも思ったが、足が動かなかった。

心臓がバクバクと音を立てている。

――追いかけていいのか? 何故か、自分にそんな疑問が浮かんだ。

立ち尽くしているマリエに、聞き慣れた声がかけられる。

『おや、こんな所にいましたか』

「ふわっ! ル、ルクシオンじゃない。脅《おど》かさないでよ」

焦るマリエは、汗を拭いつつ旅行鞄を拾った。

『マスターが心配していましたよ』

「わ、悪かったわよ。昨日は寝付きが悪くて、起きたらもう時間で――」

言い訳をしていると、ルクシオンがカメラアイを縦に動かして頷くような仕草を見せた。

『問題ないならいいのです。では、いきましょうか』

「そ、そうね」

先程のことを思い出すマリエは、オリヴィアのことが気がかりだった。

しかし、オリヴィアの拒絶する態度を思い出す。

(私が声をかけても、答えてくれないわよね。そもそも、話したこともないし)

親しくない自分が声をかけていいものかと考え、そしてリオンたちが待っていることもあり――マリエはオリヴィアを追いかけなかった。

◇

「寝坊って子供かよ!」

「ごめんなさい」

マリエが遅刻した理由が寝坊と聞いて、俺は本当に安心した。

嫌な予感がしていたのだが、そもそも俺の勘なんてあまり当たらない。

外れてくれてよかった。

二人で急いで港に向かう飛行船の乗り場へと向かう。

歩きながら、俺はマリエと会話をしていた。

「もう船は出ちゃった?」

親父の船が出航したのかと心配しているようだ。

「定期船じゃないから、融通は利くさ。文句は言われるだろうけどな」

『置いて行かれても大丈夫です。私のパルトナーでお二人を送りますよ』

「パルトナーは目立つだろうが。そもそも、大きく造りすぎたよな。七百メートル級とか、普段使いが難しすぎる」

『マスターの軽率な行動が原因ですよ。私は悪くありません』

不用意にルクシオン本体の姿を実家で晒してしまったため、俺が手に入れた飛行船は七百メートル級の大型だと認知されてしまった。

おかげで、パルトナーの大きさはルクシオンと同じく七百メートルだ。

無駄に大きく、動かすのも色々と大変である。

「そうですか。そうでしたね」

ルクシオンとも軽口を叩いている俺だが、先程から妙な胸騒ぎが収まらない。

「――マリエ、本当に何もなかったか?」

心配してマリエに確認するが、本人は首をかしげている。

「何かって何よ?」

「だから――いや、やっぱりいい」

「ちょっと！　気になるんだから早く言ってよ！」

妙な胸騒ぎを感じていると言えば、こいつは笑うだけだろう。

マリエではなく、ルクシオンに相談することに。

「ルクシオン、昨日は何か変わったことはあったか？」

ルクシオンに顔を向けるも、こちらは俺を責めてくる。

『私がこの学園の全てを把握しているとでも？　そんな命令は受けていませんから、何も調べてはいませんよ』

腹の立つ奴である。

マリエはルクシオンを見て残念そうにしている。

「人工知能って、もっと優秀だと思ったのに。あんた、もしかしてちょっと残念な子？」

マリエの言葉に火が付いたのか、ルクシオンが言い返してくる。

『聞き捨てなりませんね。学園にたいして興味もないマスターが、私に情報収集を命令しなかったのが原因です。命令もされていないのに、その働きを期待されても困ります。そもそも、私は暇ではありません。本体は今もマスターのご実家で工場を立ち上げるべく忙しく働いているのです。余計なことをしないのも優秀な証拠で――』

熱く語り出したルクシオンを無視して、マリエが工場の話に興味を持つ。

「工場を持つの!?　え、もしかしてお金持ち!?」

「将来の収入源は多い方がいいだろ」

「いいな～」

俺もマリエも、ルクシオンの説明に興味を失っていた。

ルクシオンが言うのだ。

『――お二人とも性格がよく似ていますね。私の説明を聞き流すところもそっくりですよ』

「どこがだ!?」

「どこがよ!?」

マリエとまた声がかぶってしまった。

それが照れくさくて――そして可笑《おか》しかった。

顔を見ながらお互い笑い合う。

「リオンの実家にいったら、まずはお米が食べたいわ。あと――おせんべい！」

「お前の趣味って渋くない？」

「いいじゃない。バリバリ食べてもいいし、少し湿気《しけ》ったのもおいしいのよ」

「おいしいけど、もっと他にもあるだろう」

「お餅？」

おせんべいとかお餅を希望とか――いや、気持ちは理解するけどね。

俺は妙な胸騒ぎも落ち着いてきて、安堵しつつあった。

どうやら、悪い予感は気のせいだったようだ。

話が盛り上がっていると、港に向かう小型の飛行船の乗り場が見えてくる。

乗り場から飛行船が出発する少し前のようだ。

「お、丁度来ているな。あれに乗るか」

「窓際の席に乗るわ！」

駆け出すマリエを見て、俺は元気だな――と思いつつ、同時に前世の妹の姿と重なって驚いた。

――マリエが、俺の妹であるはずがない。

前世も今世も、妹みたいな奴と縁があるのだろうか？

ふと、気になって来た道を振り返る。

遠くに学園が見えるのだが、眺めていると妙に胸が締め付けられる。

今朝の妙な胸騒ぎもあり、気になって仕方がない。

そのまま学園を眺めていると、不審に思ったルクシオンが声をかけてくる。

『マスター、どうされましたか？』

「――何でもない」

マリエが飛行船に乗り込み、こちらに大きく手を振っている。

「早くしないと遅れるわよ！」

寝坊したお前が言うの？

「あいつは今日も元気だな――まぁ、いいか」

歩きながら、もう一度顔だけで振り返る。

普段と変わらない学園の校舎が見えているだけなのに、心がざわついて仕方がない。

何か取り返しの付かない間違いを犯したような気もするが、きっと俺の勘違いだろう。

# あとがき

今回は「あの乙女ゲーは俺たちに厳しい世界です」を手に取って頂き、本当にありがとうございます。

最近はロボ物の小説ばかり書いているせいか、自分はロボ物が得意なのではないか？　と勘違いし始めた三嶋与夢です。

そして、それは当然勘違いでした。――ロボ物って難しいですね（涙）。

さて、あとがきが苦手な自分ですが、今回ばかりはネタがあるので困りません。

まずは今作が書籍化した経緯でしょうかね？

知らない読者さんも多いと思いますので、あとがきにて説明させて頂きます。

まず、今作は書籍版「乙女ゲー世界はモブに厳しい世界です」略称「モブせか」のアンケート特典SSがベースとなっております。

ショート・ストーリーでSSなのですが、アンケート特典というのはWebに掲載しているため文字数やページ数という縛りが存在しませんでした。

そこで三嶋は考えました。

――制限がないなら好きなだけ書ける、って。

次にどのような話にするか考えた時に、どうせ書くなら本編では登場しない設定などが明らかになると面白いのではないか？　と思ったわけです。

そうすると、本編であるモブせかとは別の視点で物語を楽しめたらいい、という考えに辿り着きました。

あの時、あの場所で、主人公のリオンが本編とは違う選択をしていたら？　リオンとマリエが初期の段階で出会い、互いの素性を明らかにしていたら？

それって楽しめるよね！　と。

ゲーム風に言えば別ルートに入った状態ですね。

そのため、アンケート特典を楽しんで下さっていた読者さんたちからは「マリエルート」と呼ばれるようになりました。

そんな感じにアンケート特典で細々？　と毎巻のように数万字の特典ＳＳを書いていたわけですが、流石に勿体ないというお話を頂きまして書籍化することになりました。

気が付けばモブせか三巻から特典ＳＳとして書き始め、書籍にしたら二、三冊の量になっていましたからね。

出版となれば自分も嬉しいので喜びましたが、問題は特典ＳＳのために書いたため序盤の流れを省いていたことです。

その他にも、モブせか本編の知識があるのを前提に書き進めていました。

これでは書籍にしても、モブせかを知らない読者さんが戸惑ってしまいます。

そのため、書籍化の際には序盤の追加は必須でした。

まさか、モブせか本編から持って来るわけにもいかず、ほとんど書き直しという形になっております。

本編と違う部分があるのはそのためですね。

そして、書いていて三嶋は思いました。

――もう書き直してよくね？　と。

本来であればアンケート特典をつなぎ合わせて発売する予定でしたが、マリエルートその一をベースにして大幅加筆を加えて出版することにしました。

もう丸々一冊を書いたような気分ですね。

大変でしたが、作者としてはとても楽しかったです（笑）。

リオンとマリエが序盤で出会い、今後どのような関係になっていくのか？　本編の登場人物たちとの関係はどうなるのか？

モブせかを楽しんでくれている読者さんも、この作品から読んでくれる読者さんたちにも楽しんで頂けるよう書いていくつもりです。

タイトルも変更し、新しくなったマリエルートを是非とも応援よろしくお願いいたします！

それぞれの思惑が交錯し——
三嶋与夢
イラスト／孟達
GC NOVELS
絶賛発売中!

モブ《リオン》は再び戦場へ!
乙女ゲー世界は
THE WORLD OF OTOME GAMES IS A TOUGH FOR MOBS.
モブに厳しい世界です
最新11巻
乙女ゲー世界はモブに厳しい世界です
11
三嶋与夢

第10回
ネット小説大賞
受賞作が
同時発売!!
大注目!!
品が遂に!!
純粋で素直な
9歳の少年、
家をとび出し
冒険者になる!?!!
冒険者ギルドが十二歳からしか
入れなかったので、サバよみました。①
小説／KAME　イラスト／OX

話題の二作
トマトで領地を発展!?
魔族と一緒に国造り!
'23年
1月30日
GCノベルズより発売
魔王スローライフを満喫する
～勇者から「攻略無理」と言われたけど、そこはダンジョンじゃない。トマト畑だ～ ①
小説／一路傍　イラスト／Noy

GC NOVELS

# あの乙女ゲーは俺たちに厳しい世界です 01

THAT OTOME GAMES IS A TOUGH WORLD FOR US.

2023年1月5日初版発行

著者 三《み》嶋《しま》与《よ》夢《む》

イラスト 悠《とお》井《い》もげ

キャラクター原案 孟《モン》達《ダ》

発行人 子安喜美子

編集 並木愼一郎／伊藤正和

装丁 森昌史

印刷所 株式会社平河工業社

発行 株式会社マイクロマガジン社
〒104-0041 東京都中央区新富1-3-7 ヨドコウビル
［販売部］TEL 03-3206-1641／FAX 03-3551-1208
［編集部］TEL 03-3551-9563／FAX 03-3551-9565
https://micromagazine.co.jp/

ISBN978-4-86716-369-6 C0093
©2023 Mishima Yomu ©MICRO MAGAZINE 2023 Printed in Japan

本書はGCノベルズ「乙女ゲー世界はモブに厳しい世界です」のアンケート協力特典として
公開されていたものを加筆の上、改題し書籍化したものです。

定価はカバーに表示してあります。
乱丁、落丁本の場合は送料弊社負担にてお取り替えいたしますので、販売営業部宛にお送りください。
本書の無断複製は、著作権法上の例外を除き、禁じられています。
この物語はフィクションであり、実在の人物、団体、地名などとは一切関係ありません。

**ファンレター、作品のご感想をお待ちしています！**

宛先 〒104-0041 東京都中央区新富1-3-7 ヨドコウビル
株式会社マイクロマガジン社 GCノベルズ編集部「三嶋与夢先生」係「悠井もげ先生」係

**右の二次元コードまたはURL（https://micromagazine.co.jp/me/）をご利用の上、本書に関するアンケートにご協力ください。**

■ご協力いただいた方全員に、書き下ろし特典をプレゼント！
■スマートフォンにも対応しています（一部対応していない機種もあります）。
■サイトへのアクセス、登録・メール送信の際にかかる通信費はご負担ください。

THAT OTOME GAMES IS A TOUGH WORLD FOR US